Léopold Chauveau

肖沃奇怪故事集

（上册）

[法] 利奥波德·肖沃 著　　张惟 译

GUANGXI NORMAL UNIVERSITY PRESS
广西师范大学出版社
· 桂林 ·

出版统筹：多　马
策　　划：汪家明
　　　　　活字国际
　　　　　Type International
　　　　　多　马
责任编辑：吴义红
特约编辑：莉　拉
　　　　　尹　然
产品经理：多　加
书籍设计：卜　凡
　　　　　陈小娟
篆　　刻：张泽南
责任技编：伍先林

肖沃奇怪故事集
XIAOWO QIGUAI GUSHIJI

图书在版编目（CIP）数据

肖沃奇怪故事集：上下册 ／（法）利奥波德·肖沃
著；张惟译. ——桂林：广西师范大学出版社，2021.10
　　ISBN 978-7-5598-4120-9

　　Ⅰ . ①肖… Ⅱ . ①利… ②张… Ⅲ . ①儿童故事—
作品集—法国—现代 Ⅳ . ①I565.85

中国版本图书馆 CIP 数据核字（2021）第 153962 号

广西师范大学出版社出版发行

（广西桂林市五里店路 9 号　　邮政编码：541004）
网址：http://www.bbtpress.com

出版人：黄轩庄

全国新华书店经销

天津图文方嘉印刷有限公司印刷

（天津宝坻经济开发区宝中道 30 号　邮政编码：301800）

开本：889 mm × 1 194 mm　1/24

印张：$30\frac{16}{24}$　　　字数：221 千

2021 年 10 月第 1 版　　2021 年 10 月第 1 次印刷

印数：0 001~6 000 册　　定价：168.00 元（上、下册）

如发现印装质量问题，影响阅读，请与出版社发行部门联系调换。

序言

我的爸爸是一个非常好的人。他会给我讲很多很多的故事。

爸爸讲的故事通常都很傻。但是这一点儿都不重要，因为我觉得特别有意思。

如果有哪篇特别有趣，我就会对爸爸说："爸爸，你把这个故事写下来吧。"

爸爸从来没有一次就把故事写好过。通常他都会忘写点儿什么，然后再补好多内容进去。如果让爸爸一个人做这项工作，他写下来的故事就该没法儿看了。每次当他写完之后念给我听，我都得打断他好几次："不是这样的，爸爸。你到底在讲什么啊？"

爸爸也会抱怨，但是最后，还是会写出让我满意的故事。

然后我会对他说："爸爸，你再加上插图。"

这之后的事儿就变得更好玩儿了。

我的爸爸特别不擅长画画。如果让他画一只大象，那他画出来的东西，根本就不像大象。只有我，知道他画的是一只大象。他也会画一些其他的动物，只有他告诉你画的是什么动物，你才会看出来，而且觉得他画得还不错。爸爸画的，都是这样的画。

前阵子，爸爸摔了一跤，把腿给摔断了。可能他的腿没那么结实吧。我也会摔跤，擦破膝盖啊，手啊，鼻头啊什么的，但是，我绝不会把骨头给摔断。

因为断了腿，爸爸从早到晚都可以躺在床上，所以他非常开心。

我也非常开心。因为，这样爸爸就可以讲好多的故事给我听了。

这之后，爸爸有了一个奇怪的主意。他这样跟我说："你能给我的故事集写一篇序言吗？"

我这样回答他："我先跟你说好了，我可不会写字啊。"

"你就只管说，我来负责写。"

"你从来都没把我说的话好好写下来过。故事集里面我也出了好多主意，最后你也没写进故事里啊。"

"你说的那些我稍微修改了一下加进去了，那样效果更好。"

"我可不这么觉得。你要是能把我讲的全都加进故事里，故事肯定就更好玩儿了。还有，'序言'是什么东西啊？"

"好了好了，我就把你刚才说的话写下来当序言吧。肯定是一篇很好的序言。"

"这样就能成'序言'了啊？"

"对啊。"

"写'序言'也太容易了吧。"

鲁诺

2

Contents
目录

锯子鲨和锤子鲨

一天，我生病了，躺在床上。鲁诺坐在一把大大的靠椅里陪我聊天。

鲁诺，或者说你们的鲁诺叔叔，当时四岁。而我，当然比他年纪还要大很多了。

鲁诺说："爸爸，我们一起讲故事吧。"

"好啊。不过，讲什么故事呢？"

"我也不知道。"

"那爸爸也不知道啊。"

"哦。那爸爸，咱们讲一个锯子鲨和锤子鲨的故事吧。"

"好啊。但是你说的那种奇怪的鲨鱼是什么样的？"

"爸爸你应该知道的啊，就是锯子鲨和锤子鲨呀。"

"我都没见过，怎么会知道呢？"

"我也没见过。"

"那你是怎么知道有那种鲨鱼的？"

"我在图画书上看到的呀。"

"这样啊。那么，图画书上的鲨鱼是什么样的？"

"我跟你说啊，锤子鲨特别大，它的头是锤子的形状。"

"是吗。那锯子鲨呢？"

"锯子鲨呢，是另一种鲨鱼。它的鼻子上有一个特别大，又很长很长的，这么长的锯子。"

2

说着，鲁诺使劲伸开双臂。他这样做是为了告诉我，那个巨大的锯子鲨到底有多大。

"这么大啊。那你说说，锯子鲨和锤子鲨都干了些什么？"

"我也不知道。"

"那爸爸也不知道啊。"

"爸爸你应该知道啊。我们不是正在玩儿讲故事的游戏吗？"

"哦，也是啊，那我就想想它们俩都干了些什么。嗯……这两只鲨鱼是心眼儿极坏、无恶不作的大块头。它们俩把大海当作自己的地盘游来游去的。而且，总是一起不断地干坏事。所以，它们给自己树了好多敌人。"

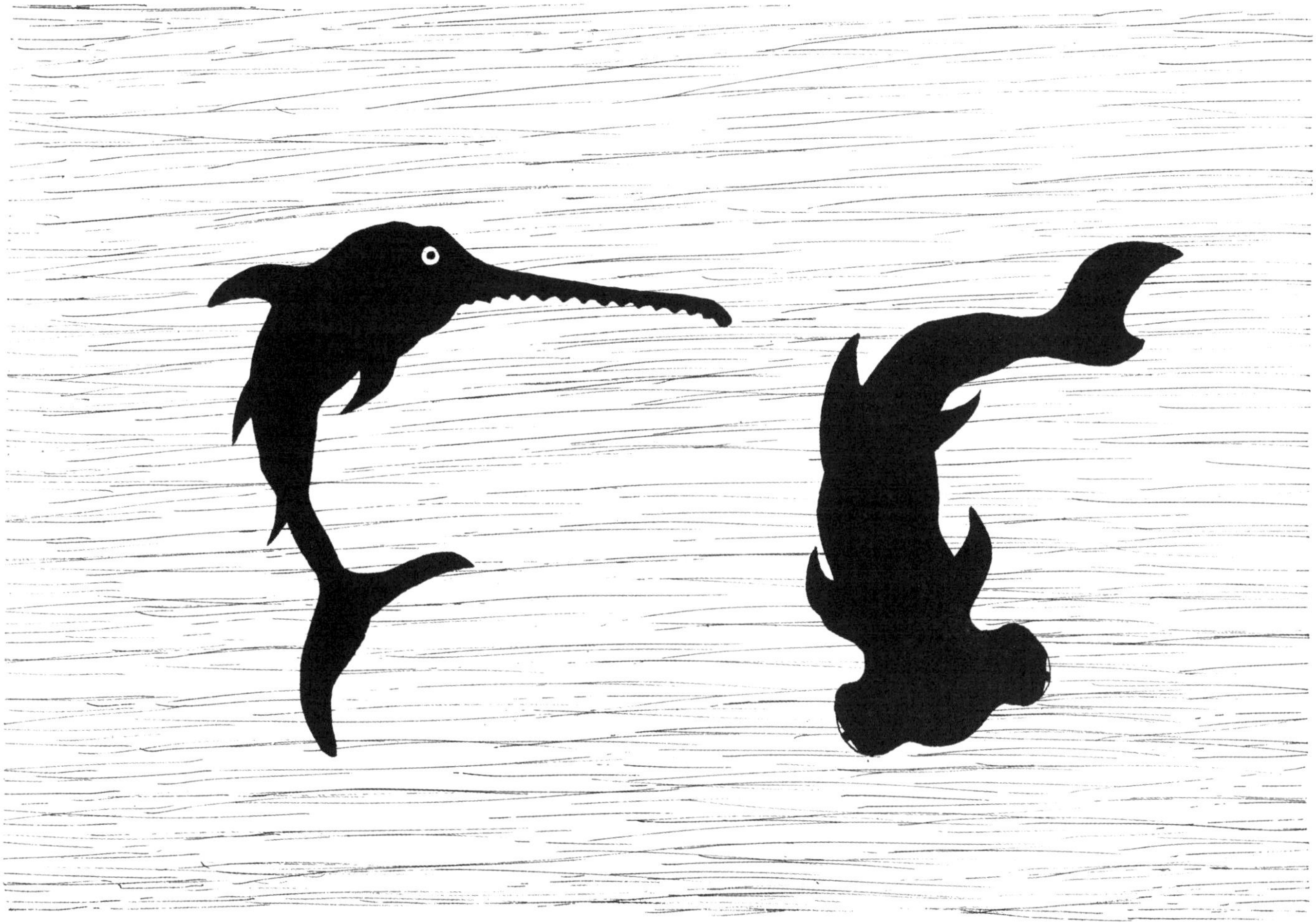

有一天，锯子鲨和锤子鲨用锯子鲨的锯子把正在吃奶的鲸鱼宝宝锯成了两半。

　　这下可好，鲸鱼妈妈追在锯子鲨的后面，想用自己的尾鳍把它打扁。但是锯子鲨钻进了鲸鱼妈妈游不进去的狭窄的缝隙里，还得意地冲鲸鱼妈妈坏笑。锯子鲨游过红海，钻到了苏伊士运河里。这条运河可容不下大吨数的鲸鱼。当锯子鲨经过直布罗陀海峡到达大西洋的时候，鲸鱼妈妈还困在好望角一带，都快奄奄一息了。

　　那锤子鲨哪儿去了？它当然是和往常一样，紧跟着锯子鲨，一刻也不分离。

　　这时我停了下来，问鲁诺："这个故事，你听得懂吗？"

　　"听得懂。"

　　"真听得懂？"

　　"怎么说呢，听不太懂，但是挺有意思的。"

　　"原来你听不懂啊，那我再讲下去也没什么意义了。"

　　"别别别，故事很有趣啊。"

　　"你听不懂，怎么会觉得有趣呢？"

　　"我是真觉得有趣，所以才说有趣的。"

　　"好吧，那我继续讲了。"

因为做了亏心事，总还是有些心虚，所以锯子鲨和锤子鲨绝对不会同时睡觉。每当一只大睡得鼾声如雷时，另外一只就会醒着放哨。所以呀，鲸鱼妈妈一直没有逮到机会趁两只鲨鱼都熟睡时袭击它们。

哎，要是鲸鱼妈妈抓得住它们，就能用它那巨大的尾鳍把它们打个落花流水了。

有时，两只鲨鱼会去北极那边逛逛。锤子鲨会用头上的大锤，让吃饱肚子在冰上小憩的海豹一命呜呼，没别的原因，只为了寻开心。但是它害怕北极熊的大熊爪和锋利的牙齿，是不敢接近北极熊的。

在天气特别不好的日子，它俩就会游到海岸边去看热闹。如果找到一条只靠锚链拴住，在大风中猛烈摇摆的可怜的小船，锯子鲨就会冲上去锯断那条锚链，看到小船撞到岩石上四分五裂时，它俩会发了疯一样发出震天的笑声。

其实，这两个坏蛋最高兴看到一艘漂亮的帆船停在风平浪静的港湾，等待有风远航。这时，船帆就像折断的翅膀沿着桅杆垂下来。一个在甲板上打了个盹儿的水手睁开眼睛，他叫醒同伴们，大家一起小酌一杯朗姆酒，唱唱歌，打打哈欠，讲讲自己家乡的故事。

这时，水手们会听到从船底传来微小的锯木声。那是锯子鲨破坏船的龙骨的声音。水手们哪里知道是锯子鲨在捣蛋呢，于是有一个人这样说："这么热的天，是哪个傻瓜在船舱里干木头活儿呢？"水手们数了数在场的人，发现所有人都在甲板上。这时，他们才意识到危险，但是大家却束手无策。

然后突然，巨大的声响和摇晃一起到来，沿着桅杆垂下的船帆开始呼啦呼啦地摆动。这是锤子鲨在一旁用它的大头一次次猛力地撞击船体呢。海水一下涌到了船里，随着海水不断涌进，船开始慢慢地下沉。水手们全都淹死了。你能想象，锯子鲨和锤子鲨有多么高兴吗？

这时鲁诺打断了我。

"爸爸，我觉得那两只鲨鱼其实不知道船上有人呢。"

"它们当然知道了。"

"那它们为什么要让船沉下去呢？"

"因为它们是坏蛋啊。"

"它们从来、一直都是坏蛋吗？"

"对，从来、一直都是。"

"它们为什么从来、一直都是坏蛋呢？"

"他们俩从一开始就这么坏。爸爸也不知道它们为什么会这样。"

"在那之后，它们俩还干了些什么？"

"在那之后，它们俩就跑到纽芬兰那边避暑去了。但是，它们一直小心谨慎，因为它们知道，鲸鱼妈妈时常会在那一带出没。"

锤子鲨说道："要是我们什么时候能刚好碰上那个长得像海豹的大怪物睡觉就好了。我先朝它的脑袋来个五六锤，你就可以把它的尾巴给锯掉了。"

"为什么它们要把鲸鱼的尾巴锯掉呢？"鲁诺问道。

"因为它们特别害怕鲸鱼妈妈。你记得吗？上次它们俩把鲸鱼宝宝给锯断了。那之后鲸鱼妈妈就一直想替它的宝宝报仇，如果鲸鱼妈妈真的能用它的尾鳍抽在它们身上，它们俩一准儿粉身碎骨，一命呜呼。"

但是，鲸鱼妈妈并没有出现。两只鲨鱼碰到的是一艘大船。而这艘大船呢，也在寻找鲸鱼妈妈，却一直没能如愿。锤子鲨一眼就看出那是一艘捕鲸船。它在心里想："都说敌人的敌人是朋友，这艘大船应该是我们的朋友吧。"

　　于是，它开始友好地绕着大船一圈一圈地游着。

　　捕鲸船的船长发现了在波浪间向他这边窥探的锤子鲨。因为找不到鲸鱼，当时船长的心情很不好。于是他向锤子鲨发射了捕鱼钩。鱼钩钩中了锤子鲨肥嘟嘟的后背，刚好是头和尾巴中间的地方。

　　锤子鲨因为剧痛，大叫了起来。

"爸爸，你之前不是说过，鱼不会叫吗？"

"对对，是这么回事。锤子鲨没有大叫，而是因为剧痛龇牙咧嘴，并试着逃跑。但是，却没有跑掉。一来，鱼钩已经深深地嵌入它的后背；二来，捕鲸船上所有的船员都在船舷一起拽着绳子呢。"

"救命啊，救命啊！"锤子鲨拼命喊叫着。

"但是爸爸，你不是说锤子鲨不会叫吗？"

"对对，是这么回事。锤子鲨没有喊叫，也没有喊叫的必要，因为锯子鲨就在它的旁边。锯子鲨用鼻子上的大锯子立马就把绳子给锯断了。危机很快就解除，它们俩迅速地跑开了。"

"跑开？"鲁诺大声问道："鲨鱼又没有长腿，怎么可能跑开呢？"

"对对，是这么回事。我怎么总是说傻话呢？好了，故事讲完了。"

"爸爸这可不行，故事还没完呢。"

"已经讲完了啊。"

"为什么就讲完了呢？"

"因为我总是说傻话啊。"

"说傻话没关系的，因为这个故事很有意思呢。"

"是吗？我说傻话还有意思？"

"有意思。爸爸，求求你了，继续讲吧。"

"好吧，那我继续了。但是，就再讲一点儿啊。"

"不行，不能只讲一点儿，还得讲好多好多。得讲好长好长的故事。"

"故事还剩下多少，讲着讲着自然就知道了。刚才讲到哪儿了？"

"锯子鲨用鼻子上的大锯子把绳子锯断了。然后锤子鲨就成功逃跑了，对吧？"

"就是这样。随后它们俩一直跑到了赤道，在那儿喘了口气。"

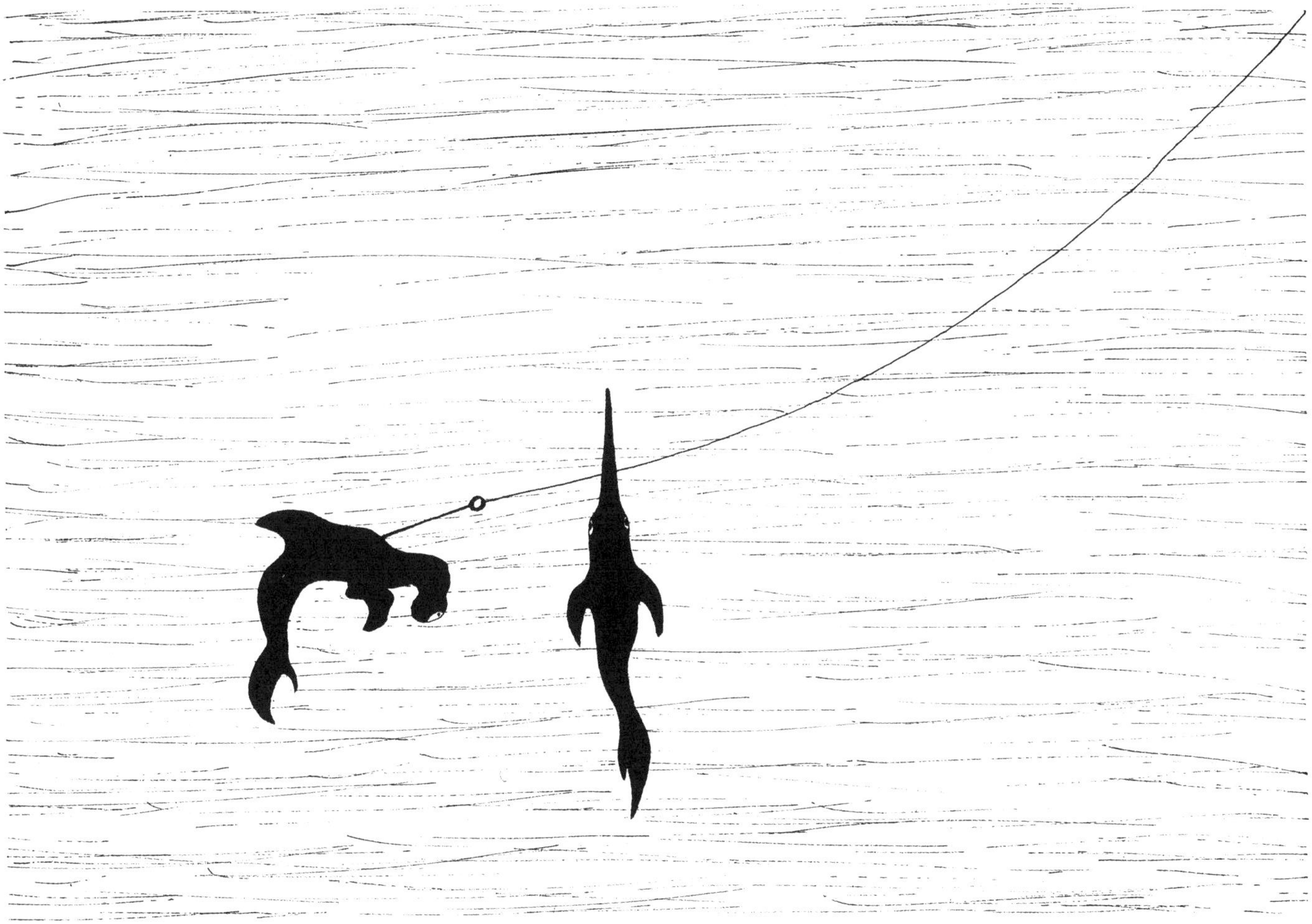

海很平静，两只鲨鱼游出了水面。鱼钩的钩柄还笔直地插在锤子鲨的后背，让锤子鲨看起来就像一条小巧的单杆帆船。

"挺好看的。"锯子鲨这样说道。

"是吗？"

"当然了。"

"但是可不舒服呢。"

"过段时间你就习惯了。"

"真的？"

"我保证。"

"其实我想让你帮我把鱼钩拔出来。"

"那多可惜啊，这么好看。"

"我才不在乎什么好看不好看，这是舒服不舒服的问题。这东西扎着我，可太不舒服了。"

"那你是说什么都要我把它拔出来了？"

"对，说什么你都要给我拔出来。"

但是，无论锯子鲨用什么办法，都无济于事，鱼钩就是拔不出来。钩子深深地钩在肉里，纹丝不动。如果锯子鲨再用劲儿，有可能会把锤子鲨后背的肉给撕下来一大半。

"这可没戏了，"锯子鲨说道，"你就留着它吧。"

"那我可不干。要是拔不下来，你就帮我锯掉吧。"

"好，那我试试看。"

锯子鲨用它鼻子上的锯子把戳在锤子鲨背上的钩柄给锯了下来。随后它们俩游到了亚马孙河的河口，休息了一会儿。这一带是浅滩，它们知道鲸鱼妈妈是游不过来的。

　　这时，鲸鱼妈妈还在离两只鲨鱼很远的地方忙活着。它追逐着一条自己在斯瓦尔巴群岛发现的凤尾鱼，一不小心进入了黑海。结果一直追到亚速海，才追上那条凤尾鱼，把它吃进了肚子里。凤尾鱼那叫一个美味啊，鲸鱼妈妈决定回到斯瓦尔巴群岛再找一些吃吃。但是因为鲸鱼妈妈花了太长的时间在黑海里转来转去追捕凤尾鱼，它迷失了方向，分不清哪儿是右哪儿是左，哪儿是上哪儿是下了。然后它就怎么也找不到博斯普鲁斯海峡了。

　　在休息了四五天之后，锯子鲨和锤子鲨又开始到处做坏事了。

　　不久，它们就发现了一艘装满货物的大船。因为装着太多货物，这艘船摇摇晃晃地在浪间挪动着。大船从布宜诺斯艾利斯出发，正在前往鹿特丹。

至于船上的货物是什么，爸爸也不是很清楚。

锤子鲨说道："拿这艘大船试试咱们的作战武器的状态怎么样？"
"好啊。"锯子鲨回应道。
于是锤子鲨高兴地挥起大锤，锯子鲨开心地锯起船底来。

这艘船上的船员们呢，都是从不发怒、非常冷静的荷兰人。他们立即放下救生艇，在大船冒着水泡慢慢地下沉时，所有的船员已经分别跳上盛满食物的几条救生艇上了。

船员们什么也没落下。船长在他的短裤右边的口袋里装好了指南针。按照规矩，在这样的突发事件发生时，指南针就是要装进右边的口袋里的。

　　锯子鲨和锤子鲨接着又开始一条又一条地破坏救生艇的艇底。

每当一条救生艇的艇底被两只鲨鱼破坏掉，那条救生艇上的船员们就被旁边的救生艇给捞了起来。到最后，就只剩下一条最大的救生艇了，上面挤满了人。

　　"我还是第一次见这么爱惜生命的一群人呢。"锤子鲨感叹道。

　　"不管他们愿不愿意，今天非得让他们见阎王去。"锯子鲨这样回应。于是锯子鲨猛烈地撞向那条救生艇。但是，救生艇是钢铁构造的，锯子鲨为此损失了三根锯齿。

　　"哎哟喂，怎么这么硬啊。兄弟，你快给这条救生艇锤个大洞。"锤子鲨对着救生艇一通狂锤，但最后，却只是给自己的脑袋增添了几个大鼓包而已，更别提锤出一个大洞了。

　　荷兰船员们依旧冷静得很，他们朝鹿特丹方向划着救生艇，一点儿都不着急，因为他们知道还有很长的路要走呢。

与此同时，鲸鱼妈妈终于找到了博斯普鲁斯海峡，它减慢速度，游进了马尔马拉海。这时，它突然听到从大西洋的正中间传来锯子鲨和锤子鲨发出的声音。

　　"这次我一定得逮住它们。"鲸鱼妈妈心想着。于是，它马力全开地冲了过去。

　　锯子鲨用它的鱼鳍碰了碰嘴巴上的锯齿，发现自己因为刚才锯了钢铁结构的救生艇丢失了三颗牙齿，伤心不已。锤子鲨也用它的尾鳍摸了摸因为撞击那条讨厌的救生艇生出来的大鼓包。正在这时，鲸鱼妈妈出现了。

终于，鲸鱼妈妈用它强壮的尾鳍抽向了两只鲨鱼！没想到的是，两只鲨鱼抢先一步发现了鲸鱼妈妈，就在被袭击的前一刹那，它们躲进了沉船里。那艘大船，现在正底儿朝天地躺在海底的沙地上。

　　鲸鱼妈妈的尾鳍毫不费力地将搭载着冷静的荷兰人的救生艇拍打到半空中，船员们纷纷掉落到了座位底下。

　　"看来我们的命数到了。"船长一边爬起身，一边这样念道。

　　"指南针掉到海里去了。"

　　好在往下的路，这群荷兰人也用不上指南针了。当晚，他们被一艘邮轮救了上来。邮轮上装着小麦，正要驶往鹿特丹，正好可以把他们带回家。

虽然鲸鱼妈妈马上就发现这次的攻击失败了，但是因为它得了重感冒，怎么也嗅不出锯子鲨和锤子鲨逃走的方向。鲸鱼妈妈围着两只鲨鱼藏身的沉船转啊转。那两只鲨鱼呢，则憋着气，一动也不敢动。就这样，嗅不到气息的鲸鱼妈妈最终还是游走了。

"爸爸，"鲁诺插嘴道，"为什么鲸鱼妈妈闻不到两只鲨鱼的气息呢？"

"因为它得了重感冒啊。"

"这样啊，那如果鲸鱼妈妈没有得重感冒会怎么样呢？"

"那它一定能嗅到藏在沉船里的锯子鲨和锤子鲨，用它的尾鳍把那两只鲨鱼和沉船一起拍扁吧。"

"嗯。如果真是那样的话，锯子鲨和锤子鲨就活不成了吧。"

"我想应该是的。"

"那之后怎么样了？"

"那之后啊，为了治好自己的感冒，鲸鱼妈妈晒太阳去了。锯子鲨和锤子鲨头也不回地逃走了，直到它们确信鲸鱼妈妈没有追赶过来，才停了下来。这时锤子鲨说道：'咦，我闻到香喷喷的牡蛎的味道了。'"

"爸爸，"鲁诺又插嘴道，"牡蛎是什么？"

"牡蛎是一种贝类，特别好吃。"

"贝类还能吃吗？它们不是很硬吗？"

"没错。不过我们并不是吃它们的壳，而是吃贝壳里面的东西。"

"这样啊。贝壳里面有什么？"

"不是说了吗？特别好吃的东西。"

"什么样的东西？"

"你把贝壳想成一栋房子，里面的东西就是居住在房子里面的一种生物。"

"哪种生物，有腿吗？"

"没有腿。"

"那它怎么散步呢？"

"它不用散步，因为它总是待在同一个地方。"

"哦，这样啊。"

好了，我们讲到两只鲨鱼闻到牡蛎的味道那里了吧。

它们俩朝着香味游去，来到了阿卡雄（位于法国波尔多地区西南）的入海口。那儿有好多好多肥美的牡蛎。牡蛎都敞开着自家大门，好让清凉的海水流进身体。当看到那两只恶棍游来，它们都纷纷关上了门。

"瞧瞧，我们可是发现宝藏了。"锯子鲨这样说道，"来吧，敞开肚皮开吃！"

锯子鲨用它的锯子嘴灵巧地撬开牡蛎壳，轻易地锯下牡蛎用来闭合的小小的鲜肉。

锤子鲨呢，就没那么灵巧了。它一锤敲碎了牡蛎壳，结果牡蛎烂成一摊，牡蛎肉裹着牡蛎壳的碎片，沿着锤子鲨的嗓子一路刮下去。

不过，锤子鲨根本就不当回事儿。

为了治好感冒，鲸鱼妈妈一边漂浮在大西洋的水面上晒着太阳，一边朝比斯开湾游去。突然，它听到一个微小的声音。

　　咚咚咚……

　　然后是微弱的摩擦声。

　　吱吱吱……

　　"我敢打赌那是锯子鲨在拉锯呢。还有，锤子鲨在锤锤子。"它这样想到。

　　于是，鲸鱼妈妈把自己的感冒丢在脑后，直奔阿卡雄湾游去。

"这回我绝不会放过你们，"接近法国海岸的时候，鲸鱼妈妈这样想道，"那两个家伙，一定是在入海口吃牡蛎呢。"

　　鲸鱼妈妈为了避免搁浅，非常小心地游进了狭窄的水路。它慢慢地前进，终于发现了锯子鲨和锤子鲨。它们俩正在专注地吃牡蛎，压根儿没有发觉鲸鱼妈妈的到来。

　　终于啊终于，鲸鱼妈妈用它的尾鳍向两只鲨鱼猛烈地抽去。

　　它们俩简直就像比目鱼一样被拍打在沙子上。

"爸爸，比目鱼是什么？"

"比目鱼是一种扁平的鱼。你早上不是刚吃过吗？"

"哦，这样啊。我还以为是伊娃为了做菜故意拍扁的呢。"

"并不是你想的那样。比目鱼一直都是扁平的。"

"那鲸鱼妈妈并没有杀死那两只鲨鱼，对不对？它只是把它们拍扁了。"

"因为被拍得太扁了，所以它们俩还是死掉了。"

"那爸爸，这么说它们俩还没缓过神来，就已经死掉了?！"

"应该就是这样了。"

"那鲸鱼妈妈后来怎么样了？"

"鲸鱼妈妈发现比起阿卡雄湾的海面，比斯开湾的入海口更冷。在打了五六个喷嚏后，为了彻底治好自己的感冒，它就朝着南方出发了。"

母鸡和鸭子的奇幻旅程

一天，鲁诺和我去布洛涅森林散步，朝圣杰姆池塘走去。

当我们到了池塘边，水里的鸭子一齐向我们游了过来。

遗憾的是，当时我们手头没有什么可以喂它们的，于是，那群鸭子在我们眼前掉了个头。

本来以为它们就这样游走了，可是过会儿又游了回来，一边游着还一边瞟我们。鸭子总是喜欢斜眼看人。老鸭子低声嘎嘎地叫着，小鸭子没那么大声，但也学着老鸭子的样子叫个不停。

鲁诺说："它们生气了呢。"

这时，鸭子们突然发现对岸站着几个也是来散步的人，便转身游过去了。

"要是对岸那些人也没有可以喂给鸭子吃的东西就好了。"鲁诺这样说道。

"为什么呢？"

"要不然鸭子就只喜欢他们了。"

只有一只鸭子，没有抛下我们走掉。鲁诺看着它说："这只胖胖的白鸭子挺善良的。爸爸，给我讲一个鸭子的故事吧，有这只大白鸭的故事。"

说着，他弯腰探出身子，想摸一摸那只大白鸭。可惜鸭子一躲闪，鲁诺一个跟头栽进了池塘。

鲁诺在泥水里挣扎了好一会儿才站了起来，起身才发现，水就只到他膝盖的位置。

他晃晃悠悠地走上岸，咳了几声，吐了一口嘴里的脏水。如果我没笑出声来，他肯定是要哭上一鼻子了。

那天特别热，等我们到家的时候，鲁诺的衣服已经全干了。但是池塘里的水太脏了，我只好还是给他洗了澡，换上了干净的衣服。

那之后的很长一段时间，鲁诺总是把自己在圣杰姆池塘落水的遭遇挂在嘴边，倒是把他要我讲鸭子故事的事儿忘在脑后了。我呢，就有了足够的时间好好编一个故事给他。我决定让一只母鸡和大白鸭搭戏。终于有一天，鲁诺大声说道："爸爸，我掉进圣杰姆池塘那天，你不是答应给我讲一个鸭子的故事吗？"听他这么说，我非常镇定地回答："故事早就写好了。"

我决定把这个故事念给鲁诺听。

尘土飞扬的小道上，一个年迈干瘪的农妇喘着粗气，用两条不一样长的长腿拖着身子，一瘸一拐地向前挪动着。

　　她的胳膊上挎着一个提篮，一晃一晃的。如果你探身去闻闻这个篮子，一定会被它的气味熏得够呛。

　　提篮里装着一只鸭子，但是臭味不是它发出来的。

　　提篮里还有一只母鸡，但是臭味也不是母鸡身上的。

　　提篮里有一块奶酪，一块圆形的奶酪。冒着臭气，熏得两只动物直皱眉头的，正是这块奶酪。

"鸭大哥，"母鸡说道，"我好像要晕车了。"

"鸡大姐，你打起精神，"鸭子说道，"我看看能不能让你透透气。"

鸭子用两只脚撑起身子，刚要试着顶开提篮盖子，脚一打滑，一头栽在奶酪上。

"哎呀呀，可怜的鸭大哥，"母鸡悲叹道，"你栽进这么臭的一块倒霉东西里，我心里真是太不落忍了。"

鸭子拔出嘴巴，眨眨眼，抖抖屁股上的羽毛说道："这个臭烘烘的东西，味道可真不错。"

"哎哟，真恶心！"母鸡尖叫道。

"真的没有那么恶心。"鸭子还嘴道。

于是鸭子用嘴挑了挑那块吓人的东西给母鸡看。

"一点儿都不恶心，真的挺好吃的。"说着，鸭子朝奶酪一口咬了下去。

"来呀，母鸡大姐，你也试试。真的好吃。"

"我可不吃。我连碰都不想碰。"

"别这么说嘛，你就先尝一点儿试试。就当我求你了，试试看。"

"不要，绝对不吃！"

"求你了，试试看。"

"鸭大哥，你这么想让我尝尝？"

"那当然了。真是太好吃了，请你一定让我拜见一下你品尝它时的倩影吧。"

母鸡不想扫鸭子的兴，也越来越按捺不住自己的好奇心，于是开始做起了各种奇怪的小动作。它嘴巴一张一合的，脖子一伸一缩的，最终，一口吞掉了鸭子放在鸭蹼上递给它的奶酪块。

"味道还真是不错呢。真的好吃。我还要吃。"

说完，母鸡就真的把鸭子剩下的奶酪全吃完了。

于是，提篮里不再有臭味了。

母鸡和鸭子靠在一起睡着了。在它们俩熟睡的时候，田间新鲜的空气，从提篮的缝隙钻了进来。

灰尘飞扬的小道上，一个年迈干瘪的农妇喘着粗气，用两条不一样长的长腿拖着身子，一瘸一拐地向前挪动着。

挎在她胳膊上的提篮里，已经没有奶酪了，但是提篮也并没有因此而变轻。过了一会儿，农妇摘下提篮放到路边。她自己在提篮边的草地上坐了下来，用一块蓝白格子的大手绢擦了擦头上的汗水。手绢眼看着就变黑了。老农妇躺在草地上，没一会儿就睡着了。

鸭子和母鸡醒了过来，就像因为妈妈不再摇晃摇篮，本来熟睡的小宝宝醒来了那样。

"鸡大姐，"鸭子说道，"我们的车看来停下来了，而且你听到奇怪的声音了吗？"

母鸡打开提篮盖子看了看。提篮盖子就像所有提篮的盖子在开合时一样，发出了吱嘎声。

农妇正脸朝天，张着嘴，闭着眼，打着呼噜。

"看来我们出去散步的机会来了。"母鸡这样说道。

"为什么要去散步啊？"鸭子打着哈欠，这样问道。"这儿不就挺舒服的吗？肚子也吃饱了，有树荫，又凉快。"

"你说的是没错。不过咱们这么待下去，会有什么样的下场？我总觉得咱们要被带到市场上卖掉。"

"你说什么？去市场？什么叫市场？"

"市场就是有个大广场，人把牛啊，牛犊啊，母牛啊，羊啊，猪啊，小鸡啊，火鸡啊，鹅啊，鸭子啊，珍珠鸡啊，好多动物赶到那儿，动物被卖了之后就被杀了吃掉呢。"

"开什么玩笑！"鸭子说道。"吃鸭子？我要被吃掉？就像上午我吃掉那块臭东西一样，把我吃掉？"

"没错。"

"那咱们可不能待在这儿了，赶紧溜吧。"

母鸡和鸭子慌忙逃出提篮。但提篮盖子就像所有提篮的盖子在开合时一样，发出了吱嘎声。老农妇听到声音，睁开了眼睛。

她马上发现了正在拼命逃亡的鸭子和母鸡。

"给我回来！"农妇大叫道。

她两手撩起长裙，黑色的丝袜露了出来。布满白色补丁的丝袜被细绳拴在农妇的膝盖处，把农妇干瘪的小腿包裹得严严实实。老农妇吃力地摆动长短不一的双腿，奋力追赶着逃跑的母鸡和鸭子。

鸭子一言不发，一瘸一拐摇动着屁股，奋力前行。

母鸡呢，咯咯地大声叫着，像大鹅一样奔向前方。鸭子哪儿能跟得上母鸡呢？于是母鸡停了下来，往回跑到鸭子身边。

"鸭大哥，加把劲儿。再忍忍，不远处有一条河。"

"我是在使劲儿跑呢，"鸭子说道，"就是喘不过气来啊。"

"好了，快振作点儿。还有二十步。快，还有十步。五步。两步。来吧到了，快跳水！"

随后，鸭子像一条雪白的小船漂在了水上，它的背上坐着吓破胆的母鸡。

老农妇只能杵在岸边大声咒骂着，以缓解心中的怒气。

随后，她沮丧地回到了放提篮的地方。

当看到提篮里的奶酪也不见了的时候，老农妇显得更加悲伤了。

鸭子和母鸡顺着河水漂了下去。

同时，装在它们俩肚子里的奶酪也消化干净了。鸭子感到肚子里一阵空虚，一口吞掉了一只飞在水面上的银蝇。

霎时，鸭子感觉喉咙深处有刺痛感。朝下一看，一根细线从自己的嘴巴里伸了出来。

"这是什么线？"鸭子想。"我变成蜘蛛了？那我也不该从嘴里吐线啊。"那条细线一直延伸出去，连在一根鱼竿上。鱼竿呢，被一个站在岸边的人握在手里。

握着鱼竿的男人开始拽线了。

虽然鸭子拼尽全力，挺直脖子、翘起尾巴奋力抵抗，但是一只鸭子的力气怎么能抵得过一个人的力气呢？

眼看着自己和鸭子快被拽到岸边，母鸡一跃飞上鸭头，一边扑腾着翅膀保持平衡，一边用喙啄断了那根钓鱼线。

线刚一断，母鸡一个趔趄，啼鸣一声，掉进了水里。

母鸡可不会游泳。它一头栽到水底，虽然尾巴还露在水面，它的双脚却只能在半空中无助地蹬着，溅起一朵朵水花。

鸭子用爪子钩住母鸡，拖着它，像一条小船一样，朝一个看起来像是漂浮在河中央的小绿岛划去。

小绿岛上有一只学识渊博的老白鹳，它每年夏天都会来岛上住几个月。白鹳友好地接待了两位造访者，然后把它们带到自己地盘里日照最好的地方。母鸡在那儿晒干了羽毛，吐出了刚才呛进去的水。

　　白鹳问鸭子："从你嘴角伸出来的那根线是什么？我劝你要么吞下去，要么直接吐出来算了。"

　　"白鹳大姊，"鸭子回答道，"这根线，我是吞也吞不下，吐也吐不出。刚才我捉的那只银蝇卡在我喉咙里了，一直扎我嗓子。

　　"你可真是个糊涂蛋，"白鹳说道，"你那是把钓鳟鱼用的诱饵蝇给吞下去了。"

　　"我又怎么知道世界上还有这样的苍蝇呢？而且，不知道这件事也没给我之前的生活带来什么影响啊。这招可真恶毒，假苍蝇上面可没抹着什么毒吧。"

　　"你张大嘴巴给我看看，再张大点儿，再大点儿。看到了，你别动，保持住，保持住。"

　　白鹳说着，用长长的喙伸向鸭子的喉咙深处，把假苍蝇、钓鱼钩和钓鱼线一起叼了出来。

那天傍晚，白鹳朝着更南边的过冬地出发了。因为，夏天也马上要离开这座小绿岛了。

"再见。"白鹳对两个新朋友这样说道。

"半年后我会回来的。这座小岛就送给你们了，好好享用吧。再会啦。"

说着，白鹳展开了翅膀，在天空划了一个大圈后，像离弓的箭一样，消失在南方的天空。

"好迷人的飞行家啊。"母鸡这样说道。

"我们该休息了，"鸭子说，"虽然天还没黑，但我可是困坏了。"

母鸡和鸭子彼此依偎在草坪上睡着了。

因为睡得太香，谁都没有发现夜间出没的一只大老鼠把它们俩的眼珠给吃掉了。

第二天早晨，母鸡先醒了过来。它抬起了眼皮，又合上了。

"天还没亮呢，太好了。"

鸭子在第三天的中午，终于睡醒了。

"天还没亮呢，还可以睡会儿。"

此后的半年里，他们俩就这样，有时会抬一下眼皮，但每次都以为天还没亮，又睡过去了。

因为母鸡和鸭子在梦里总是能吃到美味佳肴，所以虽然睡着，它们的体态依然丰满，非常健康。有时候，鸭子甚至会因为在梦里吃得太多，真的消化不良了，可这点儿不舒服也没有影响到它的美梦。

白鹳终于回来了，却发现鸭子和母鸡睡得正香。

它用力摇醒了它们俩。

鸭子嘟囔着："什……什么？怎……怎么了？"

"快醒醒，是我呀，你们的朋友白鹳呀。"

"啊？怎么回事，你不是说半年后才回来的吗？"

"没错啊，明天就是自我从这儿出发后整半年的日子了。因为想早点儿见到你们，我提早了 24 小时返回来的呢。"

"白鹳大婶，你在说什么呢？"母鸡说道："你昨天下午才出发，现在天都还没亮呢。"

白鹳这时才发现，母鸡和鸭子的眼珠子都不见了。

都顾不上问它们究竟发生了什么，白鹳赶紧到河岸上捡了四颗圆圆的小石头，两颗白色的，还有两颗黑色的。它把四颗小石头擦得干干净净，用细长的喙叼着，把两颗黑色的石头嵌进母鸡的眼皮后面；把两颗白色的石头嵌进鸭子的眼皮后面，刚好都是它们俩曾经长着眼球的地方。

　　之后，白鹳朝着鸭子的头猛踢三下，又朝着母鸡的头猛踢三下，鸭子和母鸡的眼睛立刻又能看见了。

这时，母鸡和鸭子才想起自己在差一天半年的时间里，什么都没有吃。

它们俩同时发现身后有高高堆起的一百八十一颗蛋。那是母鸡在以往差一天半年的睡眠时间里生下的，每天一颗。

鸭子兴高采烈地叫道："这下我们有上等的鸡蛋饼吃咯！"

于是，它用嘴巴砸了一下泛着红色的鸡蛋。蛋壳马上裂开了，从里面冒出了一只大个儿的小鸡，发出微弱的叫声。

"太棒了！"鸭子叫道。"中午我们就把它烤了。"

看到自己的儿子，母鸡心里立马涌出了无限的母爱。它竖起浑身的羽毛，亮出利爪，大张着嘴巴朝鸭子扑去。虽然白鹳奋力阻止母鸡的攻击，鸭子还是被薅掉了半身的羽毛。

"哎哟喂，"鸭子惨叫道，"母鸡大姐，你这也太过分了。"

"我才不是你大姐，"母鸡尖叫道，"你这个恶棍！无赖！馋鬼！居然要吃我的孩子，还有脸管我叫大姐！"

"可是，你从前不是每天早上都吃自己下的蛋吗？有了你下的蛋，咱们才能吃上像样的早餐啊。原来你那么喜欢吃鸡蛋，现在突然就不爱吃了？"

"谁跟你说鸡蛋了？要是鸡蛋，你想吃多少就吃多少。但是你要吃的可是我的小鸡啊！我的孩子啊！我的儿子啊！吃人鬼！非人类！食人族！"

说着，母鸡又冲向了鸭子。

多亏冷静的白鹳一把揪住了母鸡的尾巴，鸭子才躲过一劫。它嗖地跳进了水里。

白鹳动之以情晓之以理，费了好大的工夫才让母鸡平静了下来，鸭子呢，也才敢游了回来。

受了惊吓的小鸡躲藏在妈妈的翅膀下面，它知道那里温暖又安全，不会被鸭子舅舅抓去当早餐。

岛上又恢复了往日的和平。大家彼此亲吻和好。

"咱们吃早饭吧，"母鸡说道，"鸭大哥，你去打十二个鸡蛋，给我们做你最拿手的鸡蛋饼吧。"

于是鸭子又用嘴巴砸了第二只鸡蛋。顿时，蛋壳咔地一下裂开，从里面钻出了第二只小鸡。小鸡一出蛋壳就跑向妈妈，和哥哥一起藏到了妈妈的翅膀下面。

被母鸡打怕了的鸭子见状赶紧朝河边逃去，它一边用黄色的双脚前进着，一边用小脑袋想着："真是两只怪蛋啊，里面居然装着小鸡。"

母鸡高兴地大笑着说："鸭大哥，你这是去哪儿啊？不用害怕，我倒是觉得你帮了大忙呢，帮我的孩子破壳来到这个世界。蛋，你是不能吃，但是还得接着砸，这样我们还是好朋友。快回来吧。"

鸭子这才放下心，走了回来。然后，开始砸蛋。

从一百八十一颗鸡蛋里，走出了一百八十一只小鸡。有大个儿的，也有小个儿的，都想挤到妈妈的翅膀下面。于是，母鸡妈妈最后看起来就像坐在一座你推我搡的小鸡山上。

同时哺育一百八十一只小鸡可不是一件容易的事儿。可是优秀的母鸡让它的所有小鸡都掌握了作为一只成年鸡所应该具备的知识。而且，母鸡还觉得，它的小鸡应该比其他的小鸡掌握更多的本领。

于是，母鸡开始思考，该让它的小鸡练习什么样的技艺呢？

母鸡去问鸭子的看法。鸭子立刻答道："那肯定是让它们学会游泳啊。"

"真是一个好主意！咱们马上开始吧。毕毕第一个来。"

"毕毕？毕毕是哪个？我有这么多外甥，怎么分得清谁是谁呢？"

"毕毕，毕毕！"母鸡呼唤道，"到妈妈这儿来。鸭大哥，你看它不眼熟吗？它就是第一个出生、险些被你吃掉的那只呀。"

"哦，对了。就是你特别宠爱的那只吧。"

"确实，当时我真是最宠爱它。那时它身体娇小，干干净净，还绝顶聪明。可现在呢，越长越大，越来越脏，而且我发现它还是个小笨蛋。所以你把它淹死也没关系。别担心，它连你的一根鸭毛都动不了。"

"那看来我的工作就非常简单了。跟我来，毕毕。"

可是毕毕怎么也不肯下水，于是鸭子只能叼着它的后脖颈，一直把毕毕拖到河中央去。在那儿，鸭子把毕毕放到水里，开始教它怎么游泳。

"毕毕，听好了，游泳非常简单。你只要把脖子伸得笔直，随着水流浮在水面上，不让自己沉下去就行。然后，试着动动双脚，你就能朝着自己想去的方向前进了。真的很简单，你来试试看。"

"鸭舅舅，"毕毕带着哭腔说道，"你可要扶着我别松手啊。"

狠心的鸭舅舅却还是松开了毕毕。蠢笨的小鸡忘记了刚刚听来的要领，底儿朝天栽进了水里。

过了一会儿，鸭子说："它不动弹了。也不把头从水里抬起来。我怎么有一种不好的预感呢？"

"别去管它，"母鸡说，"还不是因为它太逞能了。你再去领一个孩子来。"

鸭子带来了滴滴。滴滴的遭遇和毕毕一样。下一个是非非，再下一个是叽叽，之后是齐齐和里里，然后是迷迷，之后是泥泥、疲疲、录力录力、虽虽，再然后是替替、卫卫、库斯库斯，还有醉醉。它们每一个都没能躲过和毕毕同样的命运。

刚才说的这十五只小鸡都稍微年长一些，个头也大一些。

"小一点儿的孩子应该更好教，"鸭子说道，"学游泳得趁早。刚才那群小鸡有点儿过年纪了。"

然而母鸡已经不打算请这位游泳老师，牺牲更多的小鸡了。可是过了几天，母鸡却还是把长过了头的十五只小鸡一股脑交给了鸭子。在母鸡看来，这十五只也变成了又脏，又笨，又不招人喜欢的孩子了。

这十五只小鸡和之前的那十五只小鸡一样，淹死在河里了。它们的母鸡妈妈呢，却没有因此而伤心。

就这样，每隔一个星期或十天的样子，就有不再被妈妈喜爱的可怜小鸡被送去学游泳，并以相同的方式丢掉性命。

终于有一天，在又一只小鸡送了命之后，母鸡对鸭子说道："鸭大哥，你好像不是一个好老师啊。"

"学生愚钝，怎么教也没用啊。"鸭子还嘴道。

"你才愚钝呢。"母鸡也不罢休。

"都消消气，"白鹳劝说着，"它们也不是笨，就是天生不适合游泳。"

"它们也不是笨。"母鸡说。

"就是天生不适合游泳。"鸭子说。

"论别的事儿，它们可都是天才呢。"母鸡说。

"没错，没错。"鸭子附和道。

那天之后，母鸡明显地一天天消瘦下去。因为孩子们没能学会新的本领，母鸡心力交瘁，严重影响了健康。

"我的儿子们和其他小鸡比起来，难道都没有什么特别之处吗？真是太遗憾了，我还幻想着它们能出人头地呢。它们怎么会知道，没点儿技能，小鸡的命运就只能是盘中餐，老鸡的命运就只能是锅中汤呢？"

"别这么气馁呀，母鸡妈妈。"沉着的白鹳劝道："由我来教它们飞翔，你觉得怎么样？"

"飞翔？像你一样？这可比学游泳厉害多了。你可以马上就带着播播去练习！"

于是，白鹳用爪子抓着播播腾空飞起。

白鹳越飞越高，从地上看，它先是变得像大鹅的大小，又变成珍珠鸡的大小，随后是乌鸦的大小，再往上就变成了鹡鸟的大小，然后是麻雀、山雀、大蚂蚱、普通的蚂蚱、苍蝇，在它看起来像蚊子那么大后，忽然就消失在蓝天了。

母鸡和鸭子并排坐着，虽然已经看不到它们了，但还是盯着空中。几秒钟之后，它们在天空特别高的地方，看到了一个小黑点。小黑点越来越大，逐渐变成了一只扑腾着短短翅膀的小鸡。母鸡的内心此刻充满自豪感。

"快看呀，快看呀！那是我的儿子！看它飞得多好啊。从来没有一只母鸡的儿子能到达那么难以想象的高度。"

遗憾的是，这个难以想象的高度以难以想象的速度缩短着。播播几乎放弃拍打翅膀，梗着脖子，耷拉着的一双腿，则止不住地颤抖着。播播的身体拍在了妈妈和舅舅身边的地面上。

几乎同时，白鹳也飞了回来。

"播播你真棒！"白鹳叫道。"它可是比我早回来的，播播你太厉害了。"

"它确实是比你早到的，"鸭子这样说道，"但是好像有点儿过于着急了，你看，它变成了一摊，一动也不动。"

可怜的播播倒在血泊中，奄奄一息。

"颗颗应该能做得更好。你带它飞一下试试。"母鸡说。但是，颗颗也并没能学会飞翔。刹刹、佛佛、过过、啾啾、落落、末末、喏喏、坡坡、罗罗、缩缩、拖拖、过过、哎嗦哎嗦，还有坐坐，都没能学会飞翔。学习飞翔组的小鸡们，就这样一个接着一个被拍扁在地上，丢了性命。

两个星期之后，第二组小鸡被带到了白鹳那里学习飞翔。结果呢，并没有不同。

每两个星期，就有新的小鸡遭遇"空难"。

一天早上，当最后一只小鸡也被拍扁在地上，母鸡连一个儿子也没有了。

于是，母鸡开始觉得无聊了。

"鸭大哥，白鹳大婶知道的是不少，但它毕竟只是一只鸟。这座岛太小了，眼前的这条河又从来都见不着人，咱们还是出去吧。"

"你是不是疯了？"鸭子尖声问道，并接着说："你想出去就出去吧。我在这儿挺好的，我要留下来。"

"鸭大哥，跟我一起走吧。以后我每天生一颗鸡蛋给你当早饭吃。"

"每天一颗蛋！那么，你想去哪儿呢？"

"咱们借用一下白鹳的智慧吧。虽然它老了，但贵在有丰富的旅行经验啊。"

白鹳说可以带它们俩去埃及。

"埃及，这个主意不赖啊。"母鸡说道。

"去哪儿都行，"鸭子说，"只要每天早上都能吃到一颗蛋，哪儿对我来说都无所谓。"

白鹳右脚抓着母鸡，左脚抓着鸭子，腾空而起。它的两只细长的腿直直地伸向后方，母鸡和鸭子就这样被抓着，跟在白鹳身后，飞往埃及。

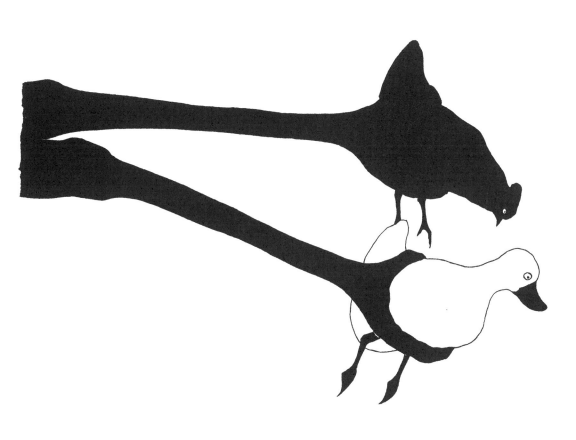

它们翻山越野，漂洋过海，又跨过一片草原，不久来到位于寺塔尖上白鹳的巢。

在它们的下方，村里的阿拉伯人，不管男女老少，或站在窄巷里，或站在平平的屋顶，都朝上方看去，高兴地欢迎归来的白鹳。

在远处，棕树百无聊赖地排列在岩石脚下。

而在更远的地方，是大片的沙漠，在沙漠的尽头，流淌着一条泥色的大河。

夕阳西下，阳光逐渐变暗。

白鹳、鸭子和母鸡，三个一起进入了梦乡。

那之后，每天早上，白鹳都会带着鸭子去尼罗河冲凉。

母鸡不胜酷暑，不愿意从巢里出来。虽然鸭子每天早上都会催促母鸡遵守诺言，可母鸡却再也没能生出一颗蛋来。

"那你叫我怎么办呢，鸭大哥？"母鸡哼唧着，大滴的汗珠从它的身上滚落。"你再忍忍吧，我明天肯定就能生出蛋来了。"

可是到了母鸡说的"明天"，却总是没有任何动静。过了一个星期，母鸡也没能生下一颗蛋。

第八天早上，母鸡醒来得比平时晚了一些，它的两个伙伴已经出门了。这时，它发现自己生下了一颗壮观的蛋。这颗蛋大得可怕，差不多有母鸡的个头了。

"我的天啊。这么好的一颗蛋，我可舍不得给鸭子。"母鸡这样说着，怜爱地用翅膀遮在了蛋上。

突然，它听到了可怕的惨叫声。母鸡挪到鸟巢边缘向下望去，只见鸭子正在朝这边奔来。

在泥色的大河边，白鹳正拍打着翅膀，它的喙一张一合的，每次倒下去，它就又挣扎着站起来。它的一只脚腾空着，另一只脚呢，嵌进了横躺在沙地上的一根粗树桩里。树桩上看上去好像长着四条短腿，拖着白鹳径直朝水里爬去。随后，树桩和白鹳都不见了踪影。

鸭子跑到尖塔下方，朝上面喊道："救命啊！救命啊！鳄鱼来了！"

这样喊着，鸭子试图挥着翅膀向上飞去，但是连它的掌尖都没能离地。

"别着急，"母鸡说道，"这会儿没什么危险，鳄鱼回河里了。你等着我。"

鸟巢的一角，堆着被虫蛀了的红色檐帽、满是污垢的包头布，还有穿破了的拖鞋什么的。这些都是白鹳这些年收集来的破烂。母鸡从破烂堆里刨出一条长绳，朝下扔去。

"把绳子系在你的一只脚上。"

"系好了。"

鸭子抬起了一只脚。但另外一只脚却还是离不了地。

"我有个好主意！"母鸡大声叫道。

这个主意对于母鸡来说，简直算得上聪明绝顶了。

母鸡把绳子的另一端系在巨蛋上，朝鸭子的对面方向扔下去。巨蛋缓缓下降，而鸭子呢，则以同样的速度朝鸟巢上升去。

鸭子出现在了母鸡的面前。帮鸭子解开绳子后，母鸡说道："现在我们得把蛋给拉上来。"

"来，拉吧。"鸭子说。

它们俩合力拉回了巨蛋。

"这可真壮观啊！"鸭子大声说道。"好大一个鸡蛋，这下能在早餐时饱餐一顿了。简直能赶上鳄鱼的早餐了。"

"这颗蛋可不是给你的。"母鸡厉声打断道。

"什么？不是给我的？打一个星期前你就说天气太热，一颗鸡蛋都没生，害得我一顿早饭都没吃上。赶紧把蛋给我！"

"快闭嘴，你这个讨厌的鸭子！"

说着，母鸡朝鸭头猛啄了几下，鸭头发出了像陶罐裂开时的那种声响。

鸭子就此闭了嘴，同时，逐渐消瘦下去。

每一天，鸭子都变得更虚弱一些。

母鸡用翅膀遮盖着蛋，倒不是要孵化它，而是想给它制造点儿阴凉。因为有这样的母爱支撑着，母鸡一直都保持着丰满的体态。而自私的鸭子呢，身体一天不如一天，变得越来越虚弱。

那一天终于来临了，雏鸟在蛋里扭动着身体，破壳而出。那是一只巨大的雏鸟。

鸭子对那只巨大的雏鸟侧目而视，恨不得把它一口吞进肚子里。

母鸡高兴得上蹿下跳，咯咯地欢叫着。

"看呀看呀，它多好看啊。它多大啊。和它妈妈我一样大！看呀看呀，这大脚，这尖嘴，这双大眼睛，这柔顺的羽毛，这漂亮的小脸蛋儿！你看它的脖子又细又长！不愧是我生出来的大儿子。一定没有人见过这么漂亮的小鸡。"

"没错没错。"鸭子违心附和道。

第二天起，气温有了明显的下降。母鸡又开始生蛋了。生下来的蛋呢，和普通的鸡蛋一样，不大也不小。

"鸭大哥，你吃吧。这段时间你什么都没吃。"

鸭子的幸福生活又回来了，又能每天吃到早饭了。

母鸡的儿子一天天长大，越来越漂亮，越来越聪明，个子也越来越大。儿子长得越好，母鸡对它的爱就随之增长。

因为母鸡的儿子长得太大了，鸭子有一天说道："鸡大姐，或许它是白鹳的儿子吧？你看它的个头都超过你了，腿长，喙也长。你呢，腿短，喙也短。看看你的脖子，也是短的。你儿子的尾巴可以拖到地上，你的呢，朝天长。比起你来，它更像去世了的白鹳呢。"

"鸭大哥，你真是个实打实的糊涂蛋啊。"

"鸡大姐，你的话我当是赞扬收下了。"

一天，母鸡的儿子想看看在清真寺院子里玩耍的孩子，把身体从鸟巢探了出去。因为太往外了，整个身子从鸟巢掉了下去。

"儿子啊，儿子啊！"母鸡叫道。

"你看好了。"鸭子异常冷静地说。

母鸡先是发出欣喜的叫声，接着发出惊讶的叫声，再然后就只是为了叫喊而发出叫声。最后呢，像是泄了气的皮球，陷入了沉默。

现在，母鸡最最疼爱的儿子，正围绕着尖塔，翱翔在空中。

母鸡终于又开口："你看，你看，它飞得多好呀，都没人教过它呢。而且，它孵出来才三个月，多棒的小鸟啊，简直是小鸟之王。但是宝贝，可要当心啊，别飞得太快，不能突然掉头。你看，河边沙地上有个大树桩，千万不能接近它，那个东西叫'鳄鱼'。好了，快回来吧，你第一次飞，差不多这样就可以了。要是出汗了可容易得感冒。"

"这么伸展翅膀飞一飞，可真痛快啊。"母鸡的儿子，其实是白鹳的儿子，回来后这样说道。"鸭舅舅，要不要跟我一起去飞一圈儿？你要总是肚子着地卧在那儿，会变胖的，可不健康啊。"

"你不用关心我的健康问题，大外甥。我哪儿都没毛病。而且，只要你妈妈以后还会给我提供早餐，我就没有什么可抱怨的了。或许我的肚子会变圆，但是这对我的肚子和我来说都是件好事儿。"

"可是鸭舅舅，如果你的肚子变得太圆，总有一天，你的翅膀就没有力气让你再飞起来了。"

"我的翅膀从来没有强大到让我真正地飞起来过。我就从来没有飞翔过，哪怕是瘦得可怜的时候也没有。以前，我可真是瘦得可怜呢。走路，我倒是挺擅长的，当然，也不能走太远。从前还有人说过我一摇一摆的走姿看起来很高雅呢。游泳呢，我就更擅长了。端正地漂在水面上，静静地划着水，把脖子埋在翅膀下，就可以入睡了。醒来后呢，只要动动鸭掌，就又开始游了。哪怕感觉有一丁点儿累了，就停下来歇个够，然后再游。游泳真是一项舒适的运动。说到飞，我可不干。在我看来飞这件事儿，不但危险，还没什么意义。"

"哦，那妈妈呢？你跟我去飞一圈吗？"

"还是别了，孩子，我也不怎么会飞呢。"

"那你们是怎么来到这么高的地方的？"

于是母鸡给儿子，但其实是白鹳的儿子，讲述了它们是怎么不远万里从欧洲来到尼罗河畔的。母鸡的儿子大声说道:"那么我把你们带回欧洲吧。等我再长些力气，一定想办法把你们带回去。"

　　"太好了!"作为孩子母亲的母鸡骄傲地欢呼道。

　　母鸡的儿子，我们暂且叫它白鹳鸡，这是鸭子为了惹怒母鸡给它起的外号。白鹳鸡每天都练习飞翔，开始只在不远处绕着尖塔飞，后来越飞越高，越飞越远。

有一天，白鹳鸡自豪地说："现在，我可以把你们带回欧洲了。"

"出发之前，你最好还是稍微练习一下驮着我们飞吧。"鸭子说道。

"鸭舅舅，你不用担心。我现在能驮着三个你这样的大肚囊，一直飞到月亮上去。"

"正因为我有个大肚囊，你才有机会先做一下飞行试验啊。"鸭子还嘴道。

"鸭舅舅，你可真是个胆小鬼。"

"对，像是母鸡的败类。"母鸡附和道。

"鸭舅舅，如果你真的害怕，就一直在这儿待着吧。我就只带我妈妈走了。"

"你要把我留在这儿吗？要让我饿死在这儿？你的心可真好啊。"

"那就一起走吧。"

说着，白鹳鸡右脚抓起妈妈，左脚抓上鸭舅舅，出发了。

它们飞越了地中海，纵飞过克里特岛，斜穿过伯罗奔尼撒半岛，俯瞰了伊萨卡岛和科孚岛。

当它们来到亚德里亚海的上空时，白鹳鸡突然感到强烈的疲惫感，对鸭子说："鸭舅舅，我要放开你了。"

"你说什么，要放开我？"

"你不是会游泳吗？总能渡过这个危机吧。"

说着，白鹳鸡放开了鸭子。

"这也太过分了！"鸭子叫道。

显然鸭子还说了更多的话，可是它坠落的速度太快了，说出来的话也被风给吹散了。

与此同时，一只鲨鱼正在附近游动，看到掉下来的鸭子，鲨鱼张开了嘴巴。鸭子连一片羽毛都没有弄湿，就直愣愣地掉进了鲨鱼的肚子里。

在急速掉落的时间里，它只有机会这样想道：看吧，不听我的话吧。

就这样，鸭子被鲨鱼吃掉了。

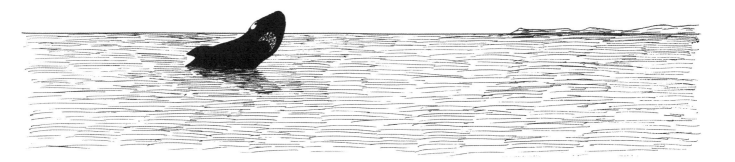

放掉鸭子之后，白鹳鸡感到轻松多了，于是继续飞行。

当它们来到意大利的上空时，白鹳鸡又感到了强烈的疲惫感。它的翅膀突然像被钉住了一样不能动弹了。它用右脚牢牢地抓着母鸡妈妈，头朝地坠落，掉在了土豆地里。那是在鸭子被鲨鱼吃掉的仅仅几分钟之后。

在遥远的埃及，泥色的大河畔，鳄鱼正在流泪。因为它看到白鹳鸡带着母鸡和鸭子飞走了。长期以来，鳄鱼一直在祈祷，除了进自己的肚子里，它们可千万哪儿都别去。

鲁诺说："鳄鱼真可怜。"

我吃惊地看着他。鲁诺继续道："鲨鱼也可怜。吞了一整只鸭子，它的肚子一定不好受。而且，鸭子还带着毛呢吧？"

"这你不用担心。鲨鱼不但什么都吃，而且吃什么肚子都不会难受的。"

"这样啊，那就好。"

嫁给了松鼠的乌龟

很久很久以前，乌龟是在所有的动物中，最敏捷、跑得最快的那个。

有一天，兔子对乌龟说："龟龟，你看这一堆新鲜可口的蔬菜，我把它们放在这棵老枫树下面。咱们俩一起去河边，从那儿赛跑回来，先到的那个，可以把这堆蔬菜吃掉，你说怎么样？"

"谁来说'预备，跑！'呢？"乌龟问道。

"咱们请在那边的大鳄鱼来说吧，"兔子说，"大鳄鱼把嘴巴开合三次，当听到它第三次闭上嘴巴的声音，我们就开跑。"

兔子耐心地解释了很久，鳄鱼才终于明白自己要干嘛。于是它把嘴巴开合了三次，这样一边做着，它一边还在想，嘴巴里面什么都没有，这样空嚼三次，可真不值当啊。

当听到鳄鱼第三次闭上嘴巴的声音，兔子和乌龟飞奔了出去。

等到兔子汗落如雨，上气不接下气地到达终点的时候，乌龟已经吃光了那一堆蔬菜，正趴在老枫树的树荫下歇息呢。

众多学者和童话作家都试图给这个，以我们今天的认知完全不能理解的故事一个合理的解释。比如，兔子是在乌龟的鼻尖儿快要碰到蔬菜的时候才起跑的，云云。但是，这仅仅是学者和童话作家的猜想而已。

　　在那个时候，乌龟确实是在所有动物中，最敏捷、跑得最快的那一个。最关键的是，那个时候乌龟的背上可没有背着龟壳。

　　每到傍晚，乌龟会回到家里睡觉。早上呢，再从家中出发去散步。

　　当时的乌龟拥有像海豹一样巨大的四肢、像蛇身一样修长的脖子和像教堂钟塔一样尖尖的尾巴。而连接所有这些的，则是一个四不像的、胶质的身体。

　　乌龟并不好看，但却有高尚的品格。它生活得很幸福。

　　因为输了赛跑，兔子绞尽脑汁想要报复乌龟。于是，它去找老朋友乌鸦寻求帮助。

　　乌鸦这样说道："这事儿包在我身上。你什么都不用做，我会让你满意的。等到明天，乌龟那家伙应该就已经不会跑了。"

乌鸦采来了许多槲寄生的果子。它把果子碾碎，制作了具有强黏性的糨糊，装了满满一桶。随后，它叼着那只桶飞到乌龟家。

乌龟刚好不在家。乌鸦放下桶，拔下一根自己的羽毛浸泡在糨糊里，随后用那根羽毛把乌龟的家刷了个遍。

　　那是一座玳瑁制成的漂亮的小家。它干净、整洁，被牢牢地卡在一棵大柏树高处的两根树枝之间。

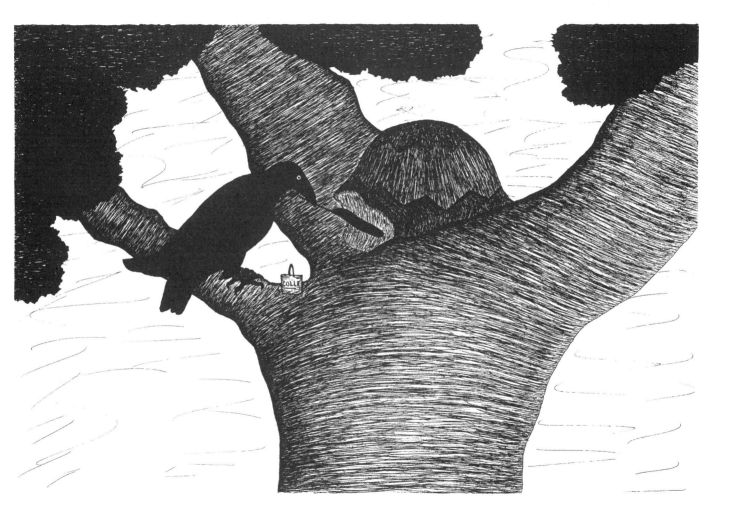

每晚的同一个时间，乌龟会爬上树，回到自己家休息。

这一天，乌龟如往常一样，爬上树，回到自己家休息。

一晚过后，涂在乌龟家的糨糊凝固了。第二天早上，乌龟没办法出门了。

可怜的乌龟姑娘皱着眉，拼命地扭动身子，折腾了半天，才终于从家门口探出了头，从四扇窗户伸出了四肢，从卫生间的通风口翘出了尾巴。

而它的身体呢，就这样永远地粘连在自家的四壁上了。

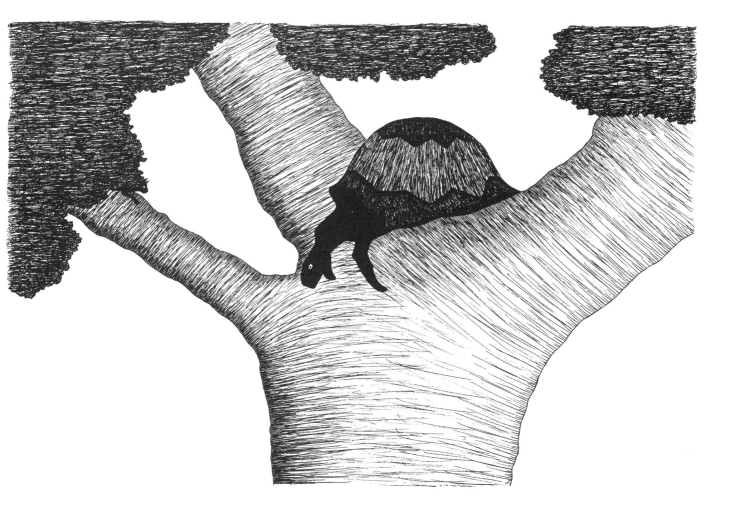

在大柏树的更高处，住着一只松鼠。

那天，松鼠醒来，正在进行晨间洗漱，想梳理一下它漂亮的尾巴。

就在这时，它听到了乌龟求助的叫喊声。

松鼠于是顺着树干滑了下去。当它看到异样的乌龟，吃惊得差点儿从树上掉下去。

"我黏在屋顶上出不去了。你来帮帮我吧。"

都顾不得问事情的经过，松鼠赶紧抓起乌龟的一条腿，使劲儿拽了起来。

"你这样我的肩膀会脱臼的。"

然而，乌龟的肩膀并没有脱臼。它的身体牢牢地粘在自己家里，根本解脱不出来。

松鼠试着把乌龟的腿挨个儿拽了遍，却毫无效果。

"我试试尾巴。"松鼠说。

"你想拔掉我的尾巴吗？那可不行！"

"那就拽头吧。"

松鼠于是用双爪抓住乌龟的头，使劲儿拔了起来。

乌龟姑娘的脸色先是铁青，后来变成了紫色；它的两眼马上要跳出眼眶；舌头从嘴角耷拉了下来；它的四肢呢，已经在痉挛抽搐了。

"我这样可能会把你勒死的。"

说着，松鼠松开了手。

"我劝你还是放弃吧。"

"我也这么觉得。"

"看来只剩下一个办法了。"松鼠说。"你就保持这样的姿势，走走看。"

"但是我怎么下树啊？"

"这可比你爬树要快多了。你先把头缩回去，腿和尾巴也缩回去。好了，现在闭上眼睛，别乱动。"

等乌龟的身体完全消失在它的房子里，松鼠把身体贴在房子上，推啊，拽啊，敲啊，试着把房子从它的底座上挪开。

等松鼠用肩膀给房子最后一下的时候，房子晃动了一下，沿着下方的树枝一路跌落，最后一声闷响，落在树脚下。

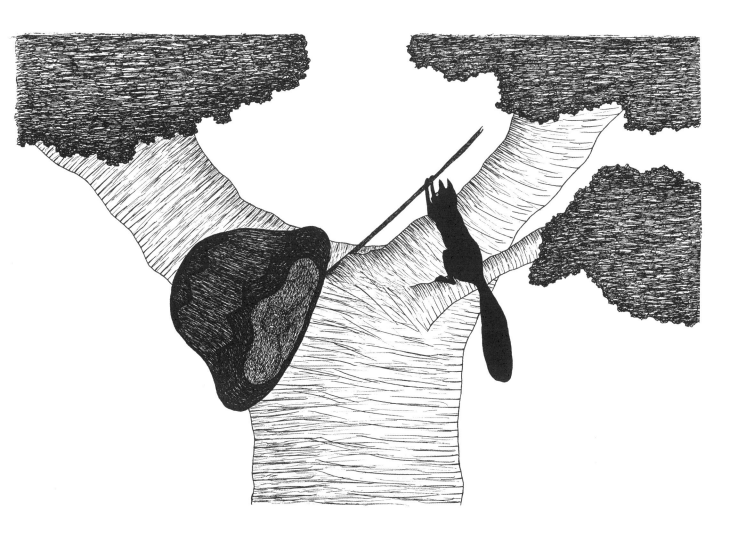

乌龟姑娘一点儿也没有受伤。只有一瞬间，它感到身体微微发麻，缓了缓就没事儿了。跌落时的动静虽然那么大，但乌龟的身子，还是没能和龟壳分离开来。

松鼠以差不多和掉落的乌龟同样的速度下了树，马上开始了对乌龟的行动训练。

"看，你的脚已经着地了。一定会万事顺利的。打起精神来！一、二！左、右！加油！你的后腿怎么总是慢一拍呢，再加把劲儿。一、二！左、右！前腿往这儿来。然后再伸后腿。快呀，后腿得跟上。好的好的，你看，能走了吧。"

乌龟就这样，慢慢地、沉重地，踏着草、碾着不肯让道的厚脸皮的小虫子，带着壳走路了。

突然，乌龟缩回了头和尾巴。因为它看到了一头褐色的熊像滚动的大球一样朝它跑了过来。

乌龟躲进壳的最里边，把自己缩成一团，静静地等待熊离开。

拥有一身蓬松皮毛的熊，本来以为地上滚着的是什么美味食物，结果找来找去只看见一块儿石头一样的东西，气得直瞪眼睛。

　　"我刚才明明还看到它在动呢。"

　　它把鼻子凑过去闻了闻。随后用它的大熊掌把乌龟翻了个个儿。

　　"这块石头怎么这么香啊。上面有这么多孔是怎么回事儿呢？里面好像有东西。"

　　乌龟又使劲儿往壳的更里面缩了缩。

　　"我在这儿也搞不出什么名堂，先把它拿回家再说吧。回家让我媳妇搭把手。这个东西，以我的判断，味道肯定不赖。"

　　于是，拥有一身蓬松皮毛的熊叼起乌龟准备回家。

　　"您好，大熊，您好呀。"在树上观察了一段时间的松鼠叫住了熊。

　　"你待在树上是找我有什么事儿吗？"

　　"大熊，您要是回家，可最好别走那边的路。我早上看到一群人设下了圈套。您最好还是从山谷那边走吧。"

　　"哦，是吗？"熊把嘴里叼着的乌龟放到地上这样回答。

　　然后它又叼起乌龟，连一句道谢都没有，就这样走掉了。

其实熊没有道谢并没什么关系，因为松鼠正是把熊引到了设有圈套的地方。那个圈套做得特别巧，走在山谷脚下的熊突然感觉尾巴上传来一阵剧痛，刹那间松开了叼在嘴里的乌龟。

打了几个滚儿，乌龟壳静止了。刚好肚子朝下。乌龟看到那拥有一身蓬松皮毛的熊，尾巴被圈套套住，满脸狰狞，正痛苦地扭动着身子。于是它得意地走开了。在那个时候，熊都拥有一条有着蓬松皮毛的、美丽的大尾巴。

熊疼得直皱眉，它使劲儿扭动身体，想让尾巴脱出圈套。因为太使劲儿，终于把尾巴给扯断了。它留下还套在圈套里的尾巴，自己回家去了。这一路，在它经过的苔藓上，留下了点点滴滴的血迹。

松鼠从树上喊道："你这下知道攻击我的女朋友乌龟小姐，会有什么样的下场了吧！"

乌龟走到沙地，在那儿伸展了四肢。

正在寻觅午餐的狐狸正好路过。

于是乌龟赶紧缩进壳里。狐狸把龟壳翻来覆去地折腾了一通，一会儿用爪子挠，一会儿用嘴巴咬。最后它把尖鼻子伸进龟壳上其中的一个洞，使劲儿嗅了嗅，又抽回了鼻子。洞里，可真好闻啊！

狐狸又把鼻子伸了进去。洞里没有一点儿动静。它把鼻子往里挪了挪。洞里还是没有一点儿动静。

于是，狐狸把整个鼻子和嘴巴都伸了进去。

这时，乌龟张大了嘴叼住狐狸的鼻尖，一口咬了下去。

狐狸感到鼻尖传来的剧痛，僵在了原地。

乌龟没有松口，笑了起来。随后它伸出四肢，慢慢地，向后朝河边退去。

狐狸呢，就只能被乌龟牵着鼻子，随它挪动着。

乌龟进河，倒退着潜入水中，把嘴里咬着的尖鼻子也拖了进去。尖鼻子为此喝了不少水。

当乌龟觉得惩罚得差不多了的时候，它放开了狐狸。狐狸这才踉踉跄跄爬上了岸。

乌龟随着河流漂浮。就这样在河里游了很长时间后，它上了岸，越过海洋、翻过山岭、穿过河谷，进行了一次漫长的旅行。

　　乌龟一定是绕着地球走了一圈。

有一天，乌龟回到了自己原来住的那棵大树下。

"松鼠，松鼠！"乌龟叫道。

松鼠呢，自从乌龟不见了之后，就缩在自己的窝里整天以泪洗面，把过冬的食物都给吃完了。

听到乌龟叫自己，第一声的时候，松鼠以为自己在做梦，哭得更厉害了。

第二声的时候，松鼠竖起耳朵，为了听清楚，不再哭泣了。

第三声的时候，松鼠跳出窗外，连滚带爬地下了树，来到了日夜想念的恋人面前。

突然，松鼠感到一阵怒火。

"你这个薄情女！不打招呼就消失，太过分了！我整天担心你是不是被吃了，是不是被踩碎了，是不是淹死了。你跑哪儿去了啊？我恨死你了！你就是个招人讨厌、脏兮兮的丑八怪！看你这一身的臭味！你这个蠢货、自私鬼、歪脑筋！看我不打你，看我不打你！"

松鼠抄起一根树枝，对着乌龟壳打了又打。乌龟见事态不妙，赶紧把头和四肢还有尾巴缩进了壳里。

松鼠一直打到自己消了气，停下来叉着腰，盯着恋人的龟壳。从它的眼里，已经看不出刚才那燃烧的怒火了。

当乌龟发现房顶上没有了敲打声，便把鼻子探出龟壳，问道："你消气了吗？"

"亲我一下。"

于是它们俩接了吻，以从未有过的激情交织爱意。

134

"这次回来，你就哪儿也不去了吧？"松鼠问道。

"可是我还是怕那个拥有一身蓬松皮毛的家伙。"

"蓬松皮毛？它已经不在了。自从它丢了心爱的尾巴，就再也没脸见人了。于是就藏到深山里去了。"

"那不是还有狼吗？狐狸就不提了，我一点儿都不怕它。但是，狼可还是挺可怕的呀。"

"狼啊，它是出了名的大笨蛋，没什么好怕的。要是遇到狼，你就赶快躲到壳里去。它脑子不好使，肯定想不出把你弄出来的招数。"

"也许吧。可还有黄鼠狼呢。它可不是什么好东西。它能趁我睡觉的工夫爬进壳里，等我醒来，说不定就被它咬断了脖子呢。"

"它哪儿会那些啊。你太胆小了。要不给你的壳装上防盗门吧。以后可别再说你连黄鼠狼都怕了。它也就算得上是跟我差不多个头的、坏心眼儿的食肉类吧。"

"好吧，我留下来。万一灾难真的来临，那就等它来了再说吧。"

"你不用害怕。我来保护你。"松鼠这样说道。

它们俩又相拥在一起。

乌龟决定就定居在它之前住的那棵树脚下。树下，长满鼓包的粗树根顶出地面，盘结在一起。选择一块优质的树根盘结处，用土填满各处的小缝隙，捡来一些树枝搭成屋顶，就这样，乌龟给自己准备了一个舒适的住所。

那之后的几天里，乌龟在周边转悠了一圈。地面微微的突起，还有滚在路面的石块，都和它记忆中的一模一样。散步途中还碰到了蜗牛和蚂蚁这样的老相识，乌龟都一一跟它们打招呼问好。

　　一天早上，乌龟突然受到了袭击。是狼。它马上缩回了壳里。狼只咬到了坚硬的龟壳。狼又试着咬了一下，把龟壳舔了个遍，又啃了啃。乌龟越来越感到厌恶。

　　狼越确信这东西不能吃，就越是想吃。这时，黄鼠狼也来了。

　　"大狼，你玩儿什么呢？"

　　"我可不是在玩儿。我发现了一个奇怪的东西，虽然不知道是什么，但是总觉得应该挺好吃的。你要是帮我把里面的东西掏出来，我就分一些给你。我估摸着，应该足够有两个人吃的份儿。"

　　"就是这个像椰子的东西吗？把它咬碎不就行了？你以为你自己咬不动，我就能咬得动吗？"

　　"不是让你咬碎。你看，那儿不是有个小洞吗？你从那儿钻进去，把里面的东西给推出来就行。这样里面藏着的东西估计就会从那个更大一点儿的洞里爬出来了。出来之后，我就跟你分着吃。"

　　"好吧，那我试试。"黄鼠狼说。

黄鼠狼从最小的那个洞钻了进去。很快，又捂着鼻子退了出来。

"真是的，吓死人了。亲爱的大狼啊，你这是让我吃什么倒霉东西啊。可把我给熏坏了。这东西有七八成都坏掉了。"

"坏掉了？不可能啊。绝对不可能坏掉啊，它还能动呢。还走路呢。刚才一看到我，它就停下来了呢。"

"好吧好吧。但是对不起了，我可不吃这么臭的东西。你还是自己对付它吧，再见，祝你胃口好。"

黄鼠狼就这样走掉了。狼也走了。

这次之后，乌龟的信心大增，觉得再也没有什么可以让它害怕的天敌了。

熊跑到远处去了。

狼的脑筋不灵光。

狐狸很容易对付。

黄鼠狼讨厌乌龟身上的味道。

乌龟嫁给了它的老相识——松鼠。它们俩都活了很长时间，过得非常幸福，生了很多很多的孩子。

孤独的老鳄鱼的一生

这个故事的主角，是一只非常非常老的鳄鱼。

年轻的时候，它亲眼见证了埃及金字塔的建造过程。这些金字塔，有些至今依然屹立，有些受到人为的破坏，已经消失在历史的长河了。这么说，是因为如果没有人类的故意毁坏，金字塔这种牢固的建筑，是可以一直存在于地球上的。

　　在很长的岁月里，老鳄鱼都拥有强壮的体魄。但是从五六十年前起，它开始意识到，自己的身体越来越抵抗不住居住地一带的湿气了。

　　起初，它感觉到膝盖部位抽筋似的疼痛。后来，每次活动前脚，它的肩膀就像要被扯断了似的疼。

　　它也试着趴在因为炎热而干枯龟裂的泥地上接受太阳光的理疗，但效果却微乎其微。逐渐地，风湿病侵蚀了他的全身，最终，老鳄鱼的身体彻底僵硬了。

　　那就像是每一条腿都被一百公斤的秤砣压在地上的感觉。老鳄鱼试着抬起一条腿。那条腿纹丝不动。算了，老鳄鱼放弃了。而那条讨厌的腿呢，却会在这时突然自己朝天上弹起来。

　　如果老鳄鱼试着把弹起来的腿放下去，那就又是一场它和自己身体的混战。

　　就这样，拖着一瘸一拐的四肢，嘎嘎作响的关节，颤颤巍巍的尾巴和僵硬麻木的脖子，老鳄鱼才能吃力地往前挪一挪。

如果还能像从前那样悄声无息地在水中游动，那么身体在陆地上的这点儿不便，老鳄鱼可能也就随它去了。但是，多么让人沮丧啊，就算是在身体状态最好的时候，老鳄鱼的关节还是会嘎嘎作响，尾巴还是会颤颤巍巍，这让它根本就接近不了周围的猎物。

　　生活在尼罗河的动物们，大老远就能发觉老鳄鱼的行踪，彼此传话："老鳄鱼来了啊。"

　　然后动物们会不慌不忙地散去，还不忘把老鳄鱼嘲讽一番。

　　伙食越来越差了，老鳄鱼已经根本吃不上什么新鲜的肉，而只能捡一些被河水冲上岸的动物残骸。

　　老鳄鱼当然不会满足于这样的食谱。

　　当打心底里厌倦了自己的现状时，它决定吃掉一个亲人。

在老鳄鱼身边，它的重孙子睡得正香。那是老鳄鱼小女儿的外孙。老鳄鱼张大嘴巴一口咬住了自己的重孙，速度快得让重孙都没来得及醒来。

换在从前，只要嘴巴动三次，喉咙吞三下，吃掉小鳄鱼这种事儿，对于老鳄鱼来说简直不在话下。

但是，曾外祖父的下巴早就失去了往日的力气。老鳄鱼的上颚和下颚合了又开，开了又合，伴着巨大的声响，忙活了半个小时。但就算这样，也没能让小鳄鱼进肚。

"外公在那儿嚼什么呢？"看到那个场景，那可怜的小鳄鱼的妈妈这样想道。而这时，小鳄鱼已经渐渐顺着曾外祖父的食道往下走了。

虽然当时小鳄鱼的妈妈就在一旁午睡，但它做梦也没想到，厄运降临在了自己的宝贝儿子身上。

"这个老外公真是讨人厌。在它边儿上，连觉都睡不好。"

老鳄鱼的这个外孙女，还不到六百岁，哦不，连五百岁都还没到，但是已经具备了一定的正义感，它朝老鳄鱼爬去，决定狠狠地教训一下外祖父。虽然外祖父的嘴边，就只露着小鳄鱼的尾巴尖儿了，但那也逃不过鳄鱼妈妈充满母爱的眼睛。

"你这个老无赖！你把我儿子给吃掉了！"

老鳄鱼若无其事地点了点头。然后再使劲儿一吞，可怜的小鳄鱼就这样完完全全地进了曾外祖父的肚子。

鳄鱼妈妈悲痛欲绝。

老鳄鱼受到了所有家族成员的谴责，虽然，已经几千岁的它，本该受到所有家族成员的尊敬。但这次，它做得太过分了。

大家马上召开了家庭会议，并达成共识：为了不让这样惨绝人寰的事情再次发生，肇事者应该接受严厉的惩罚。

但是，应该用什么样的方式惩罚它呢？

所有家族成员认为，只有一种方法能对老鳄鱼奏效，那就是，给老鳄鱼判死刑。

于是家族中所有的雄性鳄鱼一齐朝老鳄鱼冲了过去。老鳄鱼呢，则闭上眼睛迎接自己的末日。但是经历了几十个世纪的岁月，它的皮已经厚到刀枪不入的程度了。

于是，大家又召开了家庭会议。在会上有很多头脑聪慧的鳄鱼发言，开始是一个接一个，后来随着会议的氛围越来越激烈，发言变成了你争我抢。

　　老鳄鱼忍受不了子孙们不再尊敬它，于是拖着一瘸一拐的四肢，嘎嘎作响的关节，颤颤巍巍的尾巴和僵硬麻木的脖子爬进河里，离开了自己的家乡。

　　也不急于前行，老鳄鱼任由自己的身体随着尼罗河的水流漂动，有时游动一下，再漂浮一会儿，像一条船一样。饿了就只能吃一点儿散布在尼罗河下游岸边的动物残骸。

　　有一天，老鳄鱼忽然感觉河水变得有点儿咸了。但那种感觉并不坏。

　　第二天，老鳄鱼入海了。它觉得身体变轻了。于是就像年轻时一样，它游泳、漂浮，像船一样航行。盐水的味道可真不赖。

　　老鳄鱼就这样往来于深海和沙滩之间，游一会儿，在沙滩上晒一会儿太阳。

　　而这样的做法，对于风湿病起到了绝妙的治疗作用。

当老鳄鱼回想自己那些没有一点儿感恩之情的孩子、孙子、曾孙和曾曾孙们的所作所为时，突然发现一旁的沙地上，有一只奇怪的生物正伸展着手脚。它有一双巨大的眼睛，小小的身体上呼之欲出地长着很多条细长的腿。

　　"这只蜘蛛个儿可真大啊。"老鳄鱼这样想。

那只奇怪的生物让自己的许多条腿一伸一缩的，斜着向老鳄鱼爬了过来。

它在离老鳄鱼两三步之遥的地方停了下来，这样说道："你好，大蜥蜴。"

"你好，大蜘蛛。"老鳄鱼回答道。

"我可不是什么蜘蛛。"

"那你是什么？"

"我是章鱼。"

"哦。那么你好，章鱼。可我也不是什么蜥蜴啊。"

"那么你是哪位呢？"

"我是鳄鱼。"

"哦，是吗？那么你好，鳄鱼。"

"你有好多腿啊。"

"对呀，大概有十二条吧。"

"十二条！"

"章鱼一般只有八条腿，但是我有十二条。"

"你自己数过吗？"

"当然了。我能一直数到十二呢。"

"那得花好长时间吧。"

"可不是嘛。"

"你的那十二条腿都能做些什么呢？"

"做腿能做的事儿呗。比如说挠挠鼻尖，挠挠后背，走走路，游游泳。当然也可以抓鱼。你看，想吃这条鱼吗？"

"想吃。"

"那就送你了，给，还有一条。"

"再来点儿，再来点儿。"

于是章鱼为它的新朋友抓来了平鱼、鲟鱼、鲽鱼、小鲨鱼、大鲽鱼、鲷鱼、星鳗等一大堆鱼，盛情款待了老鳄鱼。

之后，它们俩美美地睡着了。

老鳄鱼先醒了过来。它的脑海里立刻浮现出一个不善良的想法。

"我能不能吃了这只章鱼呢?"

"没什么问题吧,"它这样说服自己,"但要是把它吃掉了,中午就没人给我抓新鲜的鱼了。不行,不行。我得考虑轻重缓急,千万不能把它吃掉……但是,它看起来可真好吃啊。就吃一小口,应该没什么问题吧?就吃一点儿,等它醒来都察觉不出的一点儿,比如说,吃它一条腿。它有十二条腿呢!有这么多腿能干什么用啊。我要是帮它吃掉一条,它还能减轻一些负重,身子就会变得更轻盈些了。没错,这样反倒会对它更好。"

老鳄鱼这样想着,一口叼住章鱼的一条腿,撕扯下来,吞进了肚子里。

章鱼依旧打着呼噜,熟睡着。

章鱼醒来时，老鳄鱼装作还在睡觉的样子。但是因为想看看当章鱼发现自己丢了宝贵的一条腿时会有什么样的反应，它偷偷眯着眼睛。

　　章鱼的状态看起来和往常没什么两样。它打了一个哈欠，伸了一下懒腰，揉了揉眼睛，大声说道："早上好啊，鳄鱼爷爷。快点儿，该起床了。"

　　"你好，章鱼小姐。你的腿怎么样？"

　　"非常好，谢谢你。"

"你数过了吗？"

"当然。十二条，一条不差。我感觉它们比以前更柔软，更矫健呢。"

"原来是这样，"老鳄鱼想，"再好不过了，这位夫人不会数数。虽然它有那么多条腿，但是它其实不知道到底有多少条。"

"来吧，咱们去海里游一圈儿吧。"

"好啊，但是你可别游得太快。"

就这样，章鱼和老鳄鱼出海散步去了。

它们往哪儿去呢？其实哪儿都行。随着心的方向，随着身体游动的方向。

它们俩游荡在海里，一会儿随浪起伏，一会儿潜入水中，一会儿面朝天空。

老鳄鱼说："看来海水浴对我的病很有效。泡在盐水里面，就像泡在温泉里一样，连风湿病的影子都不见了。我觉得自己像年轻人一样，身子骨又轻盈了许多。"

章鱼说："有一片海，比这儿对你的病更有效。要不要我带你去？"

"当然要了，现在就出发吧。"

"那你跟着我。"

它们俩拐了一个弯，全速朝东南方向游去。

不久，它们来到了苏伊士运河的入口。

快速通过运河后，就进入红海了。

"这儿也太舒服了。"老鳄鱼说道。它身上的鳞片已经开始像煮熟了的大虾一样变红了。

章鱼的身上冒出大颗的汗珠，游得越来越费劲了。

老鳄鱼却像一条小鱼一样窜来窜去，大笑着，还试着冲刺呢。

在太阳落下之前，它们俩上了一座无人小岛。那儿与其说是小岛，倒不如说是一块大岩石。

上了岸的老鳄鱼拜托章鱼去给它抓一些晚餐回来。

可怜的章鱼因为酷暑，简直都要化掉了。但它还是打起精神，抓回了几条鱼，满足了老鳄鱼的胃口。

夜深时，老鳄鱼又吃掉了章鱼的一条腿。不用说，当然不是上次吃过的那条，它吃掉了章鱼的第二条腿。

于是，章鱼就剩下十条腿了。但是，章鱼自己却还没有察觉。

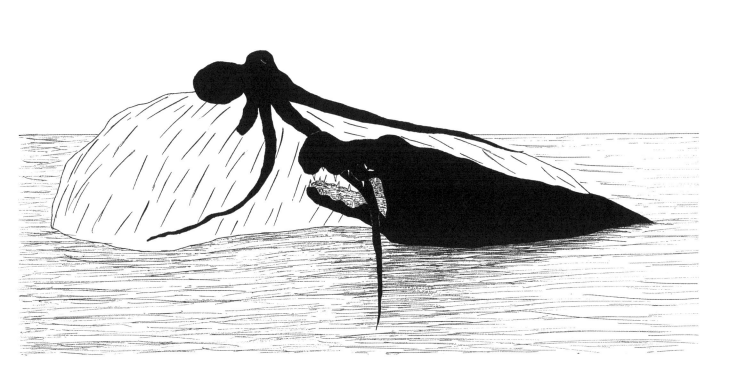

之后的一个星期，它们俩都是这样度过的。白天，老鳄鱼吃的是章鱼抓来的鱼。夜晚，它又会吃掉章鱼的一条腿。一晚上一条，绝对不多吃。

　　就这样，章鱼只剩下四条腿了。但是它还是可以像以往一样游来游去，穿梭于海浪之间，可以像船一样航行，也可以潜入水底。带给老鳄鱼的海鱼数量也并没有因此而变少。

　　老鳄鱼的午餐还是会按时、按量、按品质准备好。

　　又过了三天，章鱼的腿只剩下一条了。这时候，它终于开始感觉到自己有些行动不便了。但是因为章鱼连"一"都不会数，所以还是没有发觉腿的变化。

　　老鳄鱼则是会数到一的，所以它突然发觉，自己的夜宵只剩下一条腿了。

　　"完蛋了，"老鳄鱼这样想道，"我还以为十二这个数字的数量是很多的呢。"

　　夕阳西下，当章鱼睡去以后，老鳄鱼的内心开始挣扎。对于章鱼，老鳄鱼怀有两种爱。章鱼品格高贵，为人谦虚，乐于奉献，还具有智慧。老鳄鱼爱它的这些品质。而另一种爱呢，则是章鱼的大腿带给它的诱惑。

　　那晚，章鱼的最后一条腿也消失了。

第二天早上，章鱼吃了一惊。本来它想如往常一样挪动自己的腿，但是身子却像石头一样，一动不动。

　　章鱼叫醒了老鳄鱼，说道:"我好像中风了。这儿太热了。我们在这儿待得也太久了。"

　　"对啊，刚好待了十二天了吧。"老鳄鱼回答道。

　　"哎哟，我以为你不会数数呢。"

　　"对，对。"老鳄鱼慌忙说:"我不会数数。刚才我那是瞎说的。不过你肯定没有中风，应该就是轻微的风湿。之前我的风湿病特别严重的时候，腿就像石头一样，一点儿感觉都没有了，有时候甚至都觉得是不是谁把我的腿给砍断了。"

　　"我感觉就像没有了腿一样。如果不是我会数数，能确认自己还有十二条腿，差点儿就以为自己的腿都没了呢。"

　　"你就别再瞎想了，"老鳄鱼打断了章鱼的话道，"放心吧，今天我去抓鱼。"

　　老鳄鱼为心爱的章鱼抓来了它爱吃的鱼，把章鱼挪到刚好有阴凉的岩石凹陷处，安置在凉凉的海草上。

章鱼打心底里感受到了老鳄鱼对它的爱，幸福地睡着了。

　　夜深了，爱上章鱼的老鳄鱼，变成了不幸的老鳄鱼。它内心想要吃掉恋人的欲望太过强烈，按捺不住自己要吃掉章鱼的冲动。老鳄鱼真是不幸啊。

　　章鱼，非常美味。

　　吃掉了章鱼的老鳄鱼，流下了伤心的眼泪。

变成孤身一人的老鳄鱼，趴在岩石上，很快就觉得无聊了。

于是它想到了一个给自己解闷儿的游戏。

它张开巨大的嘴巴，闭上眼睛，用力、慢慢地大口吸气。又合上嘴巴，睁开眼睛，从鼻孔把刚才吸进去的空气喷射出去。这是一种游戏。

还有一种，它把大贝壳扣在耳朵上，听一听海浪的声音。但耳朵稍微离开贝壳一点儿，就什么都听不到了。包围着小岛的大海平静了下来，好像满怀忧伤。

尝试了各种游戏之后，老鳄鱼还是觉得没意思。它已经太老了，哄小孩儿的游戏，对它来说没那么有效了。老鳄鱼非常后悔吃掉了心爱的章鱼。回忆章鱼的美味，成为它唯一的心理安慰。

最后，老鳄鱼这样想道："我干吗非要待在这儿呢？"

于是，经过很长时间的思考，老鳄鱼最终下了结论，没有必要留在这个小岛上。

它又开始思考："也没有法律规定不让我回埃及啊。"

于是，又经过很长时间的思考，老鳄鱼发现，如果自己想回去，什么时候都可以回埃及。

老鳄鱼立马就想家了。

出发之前，老鳄鱼又思考了一下："我怎么没早点儿想起这件事呢？"

老鳄鱼想了很长很长时间，最后也没想出答案，就这样出发了。

老鳄鱼一直朝北方游去，顺利通过苏伊士运河，到达了地中海，再向西方游去。途中，老鳄鱼遇到了很多章鱼，勾起了它对已故恋人的回忆。于是，它品尝了这些章鱼。可惜它们都是普通的八爪章鱼，没有一个能比得过它那拥有十二爪的已故恋人。

　　终于，老鳄鱼来到了尼罗河入河口，从那儿一路逆流而上，朝南方游去。

　　最终，老鳄鱼回到了自己的出生地。那是它成长、变老的地方。

它看到成群的鳄鱼在岸边嬉耍。

老鳄鱼走近它们。

发现正在接近的老鳄鱼，其他鳄鱼一齐跑开，大个儿的推开小个儿的，小个儿的追赶大个儿的，就这样争先恐后地逃走了。

"它们可真奇怪啊，"老鳄鱼想，"它们在怕什么呢？"

那之后，老鳄鱼又遇到了几拨儿鳄鱼，都是一看到它，就落荒而逃。

"真是的，看来它们听说了我的事儿。不就是吃了一只没什么吃头的小鳄鱼吗？真是大惊小怪。"

老鳄鱼继续沿着尼罗河逆流而上，它还爬过了一个、两个，哦不，三个瀑布。每次当它来到有鳄鱼的地方，那儿的鳄鱼就会一只不剩地逃走。

老鳄鱼厌倦了孤身一人。

"可是我从来没来过这儿啊，"郁闷的老鳄鱼这样想道，"应该都没有谁认识我，怎么见了我都逃走了呢？"

老鳄鱼越来越厌倦孤身一人了。厌倦到想干脆饿死自己算了。

它爬上岸，叹了一口气，在一处干燥的泥地上，等待死亡的来临。

而首先到来的，是梦乡。在梦中，老鳄鱼听到了欢快的音乐声。其中，还掺杂着温柔的歌声。

"看来我已经死了，"老鳄鱼这样想着，"我应该是升入鳄鱼天堂了吧。"

音乐声突然变得越来越吵，老鳄鱼睁开了眼睛。

"咦，原来我没死啊。"

它看到有一群原始人围着自己载歌载舞，敲打着各式各样的鼓。

看到老鳄鱼抬起眼皮，所有的原始人都跪了下来，额头贴地，向它行礼。

"它们这是干什么啊？"老鳄鱼嘟囔道。

结果呢，老鳄鱼将绝食的念头抛在脑后，一口咬住了一位年轻又丰满的原始人姑娘的腿。

　　原始人一起站了起来。从他们的表情和肢体动作判断，这应该是出于兴奋。被老鳄鱼咬住腿的原始人姑娘也露出了开心的笑容。

　　这个姑娘迅速地摘除了身上的裹布，她担心裹布上用于装饰的玻璃碎片在老鳄鱼的肚子里不容易消化。

　　原始人姑娘就这样被老鳄鱼吞进了肚子。

　　老鳄鱼吃掉那个姑娘之后，原始人的欢呼声更加热烈了。他们又是唱歌，又是跳舞，疯狂地庆祝着。

老鳄鱼有饭后小睡的习惯，这次也不例外，它开始昏昏欲睡。

于是，有二十来个强壮的原始人把睡着了的老鳄鱼抬了起来，运走了。

剩下的原始人则继续载歌载舞，用力敲着鼓，紧随其后。

沉睡的老鳄鱼被安置在村子里最豪华、最干净的小屋里。这间小屋，则成为村庄的神殿。而老鳄鱼呢，当然是被他们供作神了。

　　就这样，被生活在尼罗河上游峡谷的原始人供奉着，老鳄鱼还活得很好。每天都有一个十到十二岁的原始人少女作为祭品奉献给老鳄鱼，而老鳄鱼呢，则开心地享用着这样的美味。因为少女们在被老鳄鱼吃掉的时候，都会流露出幸福的表情，老鳄鱼的快乐就又增添了一分。

　　只有一件事，牵绊着老鳄鱼和平又平和的生活，那就是它想不明白，它的那些同类为什么会一见到它就逃走，还有，那些人为什么会如此崇拜它？

　　能有这样的疑问，它可真是一只谦虚的鳄鱼呢。

　　如果它知道了事情的真相，可能会变得更加、更加谦虚吧。老鳄鱼成为令同类惧怕、让人类崇拜的对象，那是因为长时间浸泡在红海炎热的海水里，像煮熟了的大虾一样，它的身体已经变成红色了。

绝顶聪明的卢尼熊

吃过午饭，鲁诺坐到了我的靠背椅上。椅子上的他，就像坐在沙发里一样，伸直双腿，勾着脚脖子，两个脚后跟正好在靠背椅边缘并排靠拢。

　　忽然，鲁诺说："我很忧郁。"

　　"是吗？"

　　鲁诺又说了一遍："我特别忧郁。"

　　"那是怎么回事呢？"

　　鲁诺没有马上回答我。过了一会儿，他这样说道："因为吃得太饱了。"

　　"那我给你念一个小熊的故事吧。可能有助于消化。"

　　"消化是什么意思？你说讲故事，倒是一个好主意。"

从前，有一只小熊。

它拥有褐色的、天鹅绒一样的皮毛。身体里面呢，是用锯末儿填充的。它的名字叫卢尼熊。

它的主人，是一个拥有血肉的、真实的男孩儿——一个很普通的男孩儿，名字叫托托。

卢尼熊每晚都和托托睡在一张床上。但是它可不能睡在床单上。熊这种动物，总爱在不干不净的地方走来走去的，不能让它弄脏了床单。所以小熊就只能睡在床罩和羽绒被之间。

在床上，托托和卢尼熊会聊上好几个小时。

托托说。

卢尼熊听着。如果托托需要卢尼熊回答，他就会替卢尼熊回答。托托只要假装用卢尼熊的声音说就可以。

托托和卢尼熊聊天的时候，托托的爸爸妈妈会很安心，因为在和卢尼熊聊天的时候，托托不会调皮捣蛋。而且，托托绝对不会和自己的小熊吵架。因为他只让卢尼熊说自己爱听的话。

有一天晚上，托托的爸爸妈妈和女佣没有把卢尼熊放到托托的床罩和羽绒被之间就去睡觉了。

托托呢，并没有发现自己心爱的玩伴不见了，也就这样睡着了。

到了半夜，托托从梦中醒来。自己也不知道为什么会这样。托托很吃惊，也有一点儿害怕。因为他从来都不知道，人会在半夜醒来。托托还从来没有在半夜醒来过呢。

想摸摸自己那忠诚的卢尼熊，托托把手伸进被罩和羽绒被之间。托托的手，没有摸到他忠诚的卢尼熊。托托彻底醒了过来，开始认真寻找卢尼熊。但是，他没有找到。

托托突然感觉自己被遗落在一片黑暗之中。黑夜朝托托滚滚袭来。听到托托巨大的尖叫声，家里的所有人从梦中惊醒，跳下了床。

只有托托的两个弟弟没有跳下床，他们吓得躲进被子里，捂上了耳朵。他俩的头现在是在平时放脚的地方，而他俩的脚呢，则在枕头下面瑟瑟发抖。

托托的爸爸摸着黑，走到放着手枪的柜子旁，托托的妈妈用颤抖的双手点燃了蜡烛。

然后两个人就穿着睡袍，爸爸拿着手枪走在前面，妈妈拿着蜡烛跟在后面，鼓起勇气推开了托托的房门。

托托坐在床上。看到爸爸妈妈，停止了哭叫。

他抽泣着，一边吸着鼻涕，一边说道："卢，尼，熊，不，见，了。"

"什么，你说怎么了？你说什么怎么了？你哪儿疼？"爸爸妈妈同时问他。

"我哪儿都不疼，"托托依旧吸着鼻涕、抽泣着回答道，"卢，尼，熊，不，见，了。"

"什么？"爸爸说，"卢尼熊不见了？你就因为这个把我们都给叫起来了？"

"可是，卢，尼，熊，不，见，了，啊。卢，尼，熊，不，见，了！"

托托的嘴角向下撇去，他闭上眼睛，张着大嘴，又开始大哭了起来。

"好了好了，"没了耐心的爸爸说，"你的卢尼熊就在这儿呢，别哭了。它能去哪儿啊。快点儿睡吧，也让我们回去睡觉。"

托托的爸爸伸手把卢尼熊放进床罩下面，嘴里嘟囔着什么，出去了。

托托的妈妈给托托擦了擦鼻涕，亲吻了一下他，也出去了。

托托的两个弟弟，把头重新放到了枕头上。

十分钟过去，大家分别又入睡了。

但是，托托却睡不踏实。他在床上翻来覆去，一会儿把身子缩成一团，一会儿伸直一条腿，一会儿又伸直另一条腿，他还做了一个梦，梦里，卢尼熊被大蜘蛛给吃掉了。

过了一会儿，托托迷迷糊糊地半醒了过来，但是，卢尼熊的小鼻子，并没有贴着托托的脸。

托托又彻底醒了过来。开始寻找卢尼熊。忠诚的卢尼熊，不见踪影。

托托打心底里觉得自己是一个非常不幸的孩子。于是，又大哭了起来。

"这次肯定是出事儿了。"妈妈一边点着蜡烛一边说道。

"那个小家伙可真是的！他到底要干吗？"爸爸说。

托托和刚才一样坐在床上，嘴巴咧到耳朵根，大哭着。

"卢尼熊！"托托边哭边喊道，"卢尼熊不见了，它被蜘蛛吃掉了。没有了。啊……啊……"

爸爸气得立马回房间去了。

妈妈试着安慰托托。

"好了，好了，我们不哭了。你的卢尼熊在这儿呢，你看，就在这儿呢。"

但是，妈妈找来找去，却没有找到卢尼熊。

托托哭得更厉害了。

"蜘蛛把卢尼熊给吃掉了，啊……啊……"

"不不，卢尼熊是散步去了，它肯定会回来的，不会走掉的。好了，不哭了啊。"

"一点儿都不好，啊……啊……蜘蛛把卢尼熊给吃掉了……"

因为怎么都哄不好托托，妈妈终于失去耐心，把托托留在黑暗中，离开了房间。

之后托托又哭了一刻钟，后来他哭累了，很快就睡着了。但即便是在睡着之后，托托还不时抽泣着。

第二天早上，女佣为托托叠被子的时候，在褥子和床垫之间发现了卢尼熊。

　　"真是的，你这个讨厌的破熊，原来在这儿啊。就因为你，大家一晚上都没睡踏实。去，出去散步去吧你。"

掉在地上的卢尼熊，并没有受伤，因为它的身体非常柔软。落地的时候，甚至没有发出一点儿声响。因为是它的头先着了地。想让卢尼熊出声，必须得按它的肚子。

卢尼熊就这样鼻子贴着石板路，静静地趴着。

一个男孩儿路过，捡起了它。

这个男孩儿的装束非常奇特，他没有戴手套，没有戴领结，没有戴帽子，没穿鞋，没穿袜子，也没穿衬衫，只穿了一条到处都是大洞的裤子，披了一件怎么看都像是晨衣或者蓑衣的奇妙旧外套。

男孩儿摸了摸小熊，把它翻过来捋了捋它的皮毛，随后抱起它来跑着回到父母那里。男孩儿的父母是训熊的吉卜赛人。

男孩儿父母的车可不是富裕的巡演演员住的那种高级马车。他们的车只是在"吱嘎"作响的车轮上架了一个木板拼的大盒子，而且组成这个大盒子的板子没有被打磨过，上面的油漆几乎脱落了，板子之间都没有好好地拼接在一起。

　　前进时，爸爸钻进拉车把手的空隙，向前拉。

　　妈妈和孩子们在车后面跟着，遇到上坡帮忙推，到了下坡就向后拉着车，让它不至于冲下去。

　　他们的熊，跟在他们的后面。但是这些熊就只是跟着走，不会在上下坡的时候帮他们的忙。

　　到晚上，他们把破车停在街道上，钻进箱子里，挤在一起睡觉。

　　而熊呢，就睡在他们的车下面。

男孩儿回到家，看到两只熊正在睡大觉。他把卢尼熊放到母熊的两腿之间。然后拿来一根稻草，挠了挠母熊的脚掌心。

熊夫人蹬了蹬腿，伸了一个懒腰。

男孩儿又在熊夫人的另一只脚上挠了挠。

熊夫人这次睁开眼睛，哼哼了几声。

男孩儿赶紧把稻草藏到身后，说道："熊阿姨，你病了吗？怎么一边睡觉一边动来动去的？一会儿伸缩一下指头，一会儿蹬蹬腿，是不是做噩梦了？"

熊夫人压根儿没听进去男孩儿的话，因为它发现了睡在自己身边的卢尼熊。

"哎，你看看，"熊夫人跟丈夫说，"快醒醒。来，你看看这个。我们有了一个漂亮的宝宝。你快醒醒啊！"

胖胖的公熊睁开了眼睛，看到小熊，吓了一大跳。

"这可是个天降的喜事儿。看看它多可爱啊。"

熊妈妈开始用舌头舔它的新儿子。一会儿让它面朝上，一会儿又给它翻过身；一会儿头朝下，一会儿又头朝上，舔舔右边，再舔舔左边；舔舔前胸，又舔舔后背，把小熊彻彻底底舔了个遍。

就这样过了几天，熊妈妈开始变得烦躁了。不允许别人靠近，也拒绝排练。

　　于是，熊爸爸就得加倍劳动。除此之外，熊爸爸还承担着把熊儿子运到下一个演出地点的责任。慢慢地，熊爸爸最初萌生的那种强烈的父爱渐渐消失，它开始意识到，自己的宝贝儿子好像总是一副睡不醒的样子。于是，它对熊妈妈说道："咱们的儿子怎么总是蔫蔫儿的，动都不动一下。如果我不在它肚子上使劲压一压，它连声响都发不出。真担心它是个小笨蛋啊。咱们还是带它去看看兽医吧。"

　　"你可真傻。熊宝宝刚生下来还不都是这个样子的。要让它赶紧长大，成为一头聪明的大熊，家长就得加倍用心地舔它啊。你也跟我一起舔吧，这样能节省一些时间。"

　　从这时起，这一对熊夫妇开始孜孜不倦地把自己的唾液涂抹在小熊身上，舔舔右边，再舔舔左边；舔舔上边，再舔舔下边；舔舔前胸，又舔舔后背，一遍又一遍地，对着小熊的全身上下又舔又吸。

一点儿一点儿地，小熊睁开了眼睛。

有一天，小熊终于睁圆了眼睛，开始动起了四肢。

第二天，不用谁挤压或者触碰，它能发出声音了。

随后不久，它就开始走路了。

熊夫妇更加勤奋地舔舐它们的熊儿子，争抢着舔舐右边，再舔舐左边；舔舐上边，再舔舐下边；舔舐前胸，又舔舐后背，对着小熊的全身上下又舔又吸。

　　半年后，小熊已经长得和熊妈妈一样大了。

　　一年后，小熊已经长得比熊爸爸还要大了。

　　这时，熊爸爸熊妈妈才终于不再舔舐小熊了。它们觉得，万一小熊长得过大，头脑聪明过头，那可就不好了。

但是，看来为时已晚。因为熊爸爸和熊妈妈对着小熊的头舔得太用力了，小熊的智商已经远远超过了世界上的所有天才。

只学一次，它就可以比自己的爸爸妈妈更好地掌握熊舞的要领。

只看看路边的海报，也不用人教，它就会识字了。海报上写的都是什么"举世无双的巧克力"啊，"质量倍儿棒的轮胎"啊，"喝不醉的葡萄酒"啊，"销量惊人的报纸"啊，"散发菜香的石油"啊，"即将由艺术家完美艺术视觉呈现的沙丁鱼罐头"啊，这类的广告语。

学会识字后，卢尼熊马上就会写字了。

通过观察锅里炖汤的沸腾程度，卢尼熊完全理解了物理学。

化学和数学，是卢尼熊在自己根本没有注意的情况下，已经搭建在脑海里的知识结构，只稍稍一拍，随时可以拿出来使用。

不久，自然科学对它来说已经是小菜一碟了。只要观察自然，卢尼熊就掌握了科学。

随后，像生理学、宇宙学、古生物学等等，只要是后面跟着"学"字的，卢尼熊全部都把它们变成了自己的知识。对普通人来说，这些学问是啃不动的硬骨头，但是对于接受了爸爸妈妈彻底舔舐的小熊来说，它们就像轻柔的棉花糖一样，容易消化。

这都是因为优秀的熊妈妈，当然也少不了聪明的熊爸爸。

经历了从小镇到小镇，从村庄到村庄几个月的巡演后，有一天，吉卜赛人一行又回到了卢尼熊从前生活的小镇。

那是一个炎热的白天。人和熊都躲在一棵大苹果树下，垫着棉被一样柔软的夏草，睡着了。

　　只有卢尼熊睁着眼睛。沿着空无一人的街道，它朝从前住的房子走去。越过院子大门的铁栏杆，它看到了在里面的托托。托托正在把橡皮鸭往一个黑漆桶里扔。

　　卢尼熊无声无息地进入院子，张开嘴，叼起托托裤子上的屁股兜，就这样把托托领走了。

街上还是空无一人，托托吓得失了声。卢尼熊把叼来的托托放到熊爸爸面前。熊爸爸问道："哎呀，你给我们带来什么好吃的了？"

"这不是吃的，爸爸你快把爪子拿开。我来介绍我的朋友托托给你们认识。请你和妈妈好好舔他，让他成为拥有强壮体魄和超高智商的年轻人。"

"那还不容易，让他躺下来。"熊妈妈说。

托托已经被吓破了胆，毫无反抗的意识。

"来，咱们开始吧。"熊爸爸发号施令。

说时迟那时快，三个粗糙又强有力的大舌头已经开始舔舔右边，再舔舔左边；舔舔上边，再舔舔下边；舔舔前胸，又舔舔后背，把托托彻彻底底舔了个遍。它们一会儿让托托面朝上，一会儿又让托托面朝下；一会儿头朝上拎起托托，一会儿又脚朝天倒吊着托托，以各种姿势，从各种角度，舔舐着他。

过了一个小时，之前只会数到四的托托，可以从十数到百，从百数到千，从千数到万，从万数到十万，再从十万数到百万，可以数越来越多的数字了。同时，托托还能轻易完成非常多位数的加法、特别难的减法、堆成小山一样的乘法和叫人想破头的除法。

于是，三只熊停下来小憩了一下。

第二次舔舐过后，托托的智力虽然没有提高，体重却增长了十公斤。卢尼熊马上就发现了托托智力没再发育的原因：因为不喜欢三只大舌头不断蹭进自己的眼睛和鼻孔，而且还在自己的嘴唇上留下蜗牛身上那样的黏液，托托一直尽量用双手挡着脸。

"难道你想一直当一个傻瓜蛋吗？"卢尼熊这样问托托。

那之后，卢尼熊开始自己负责舔舔托托的头部。

卢尼熊在舔舐方面取得了惊人的进展。

没过几天，托托的智力就异于常人了。因为太过聪明，卢尼熊和他比起来，显得就像是一只普通的动物了。

随着托托的头越来越大，他的头皮变得只有一层玻璃纸那么薄，头发毛孔的间距也越来越大。

熊爸爸担心起来，对卢尼熊说："该停一停了吧。你看看这个巨大的喧腾的大圆球，已经不像什么有价值的东西了。要是让它继续变大，你想过会有什么样的后果吗？"

"爸爸，你别说傻话。"卢尼熊回答道，"我要让托托变成谁也没见过的、优秀的年轻人。我想让托托把人类完全不能理解的谜团清楚地解释给他们听，因为那些谜团对于我们这样拥有绝顶聪明头脑的生物来讲，简直太好解开了。"

"你说的谜团，是什么样的？"

"比如万物的起源，"卢尼熊说，"还有，什么是恶，灵魂是不是不灭的，肉体和心灵是如何结合的，等等啊。"

"除了'等等'，其他的我全不理解。"

"爸爸，你不用理解这些。"卢尼熊说。

然后，三只熊又开始一起舔舐托托的头。

突然，它们听到了爆炸声。托托的头炸开了。他的头皮撕裂开来，像披肩一样耷拉在托托的双肩。托托的头上升起一股烟雾，旋转了一会儿，消失了。那是托托的智力。

在托托的残骸不远处，横躺着卢尼熊的尸体。它是因为吸入爆炸时产生的有毒气体，窒息而亡的。

熊爸爸打了两三个巨大的喷嚏，自言自语道："这下人类没机会了解那些'等等'和其他听起来怪难懂的问题了。虽然那些问题对卢尼熊和托托那样拥有绝顶聪明头脑的生物来说那么好理解。"

"我觉得不知道那些，对人类也没什么影响。"熊妈妈说。

"也许你想得没错。"熊爸爸说。

说完，两只熊哭了许久。

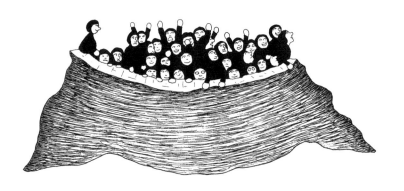

一次只能吃三个小孩的大树

我和鲁诺正在散步。

我们路过马德里餐厅的门前，然后看到了那棵巨大的老树。虽然树的一半已经枯死了，身上各处都填塞着石灰，但它的个头大到树干的一部分已经长到车道上去了。

鲁诺小声对我说："你看那棵大树，它可坏了。它吃小孩儿。"

"哎哟，可真够吓人的。是谁告诉你的？"

"没人告诉我，可是我知道，那棵树能长那么大，就是因为它吃了好多的小孩儿。"

"那你给我讲讲这个故事吧。"

"我可不知道什么故事。我只知道，那棵树吃了好多好多的小孩儿。但现在它不吃了，因为它已经太老了。"

回到家之后，我想："不如就让鲁诺吓一跳。今天晚上我写一个吃小孩儿的大树的故事，明天念给他听。"

第二天午饭后，我在院子里问鲁诺："吃小孩儿的大树的故事，你知道吧？"

"跟你说了我不知道啊。"

"这样啊，那我念给你听吧。"

听完我说的，鲁诺看起来着实吓了一跳。他瞪圆了眼睛，嘴里只喊出了一声："啊？！"

我的故事开始了。

从前，在森林里，有一棵吃小孩儿的大树。如果有小孩儿一个人从大树身边路过，它就会把小孩儿给吃掉。

如果有两个小孩儿，或者三个小孩儿一起从大树身边路过，它也会把他们全部吃掉。

但是，如果有四个，或者更多的小孩儿一起从大树身边路过，它就会让他们平安地走远。因为，大树一次最多只能吃三个小孩儿，大树的胃就只能装得下三个小孩儿。如果有四个走在一起的小孩儿，其中有一个因为大树吃不下而逃走了，那么这个小孩儿一定会到处去说为什么其他的三个小孩儿没有回来。

所以，大树要不不吃，一旦开始吃小孩儿，就会把在场的小孩儿全部吃掉。这样就不会有小孩儿告诉其他人，那些不见了的小孩儿是被大树吃掉了。

村民们这样猜测着："一定是烧炭人把孩子们给抓去吃掉了。"

他们杀了烧炭人。

但是，还是有小孩儿消失。

"一定是狼吃掉了孩子们。"

村民们杀掉了狼。但是，还是有小孩儿消失。

村民们杀掉了森林里的所有动物。狐狸、狸子、石貂、鹿、驼鹿，还有兔子，无一幸免。可兔子又怎么能吃掉那么多的人类小孩儿呢？而大树则平安无事，找机会就会抓来可爱的少男少女吃个痛快。

哪怕大树觉得小孩儿有一丁点儿逃跑的可能性，或者觉得自己不能把所有的小孩儿都吃掉，它就不会动这些小孩儿的一根汗毛。可即便是如此狡猾的大树，也没能一直掩盖自己的罪行，最终还是败露了。

　　有一天，一个伐木工来到大树的树荫下，坐下来靠着树干休息。大树感到非常不安。因为当时它的肚子鼓鼓的，看不见伐木工在它脚下干什么，而且它知道，伐木工是会砍树的。

　　可伐木工只是想休息一下，很快就睡着了。没过一会儿，大树也就把伐木工给忘到脑后了。

伐木工醒来后，看见一个小男孩走了过来。

突然，一只粗壮的树枝伸了下来，飞速变长，抓起了小男孩。

树枝把小男孩往一个树杈中间塞啊塞，树杈中间张开了一个大口子，又马上闭紧，快速吞掉了小男孩。

　　接着，有一个大鼓包，顶着树皮，顺着树干向下滑去，消失不见了。

　　小男孩被大树吃掉了。

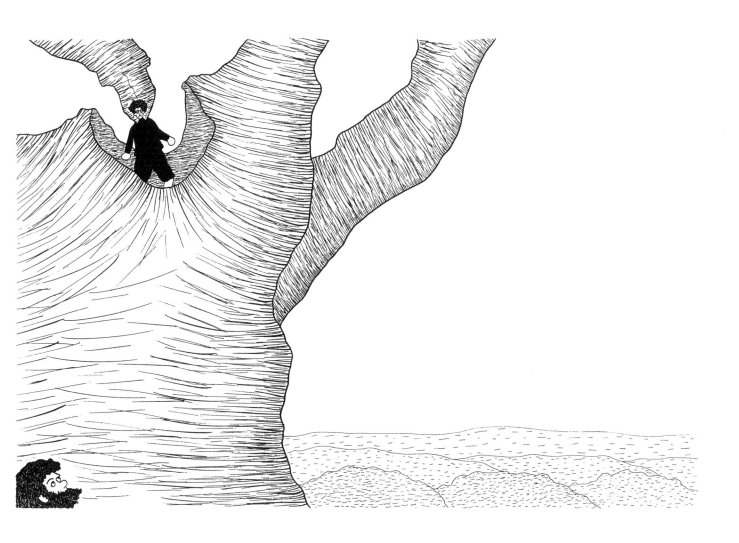

被吓破了胆的伐木工赶紧逃走了。因为恐惧，他一路上打着寒战，出了一身的冷汗。过了一会儿才勉强恢复了理智，这样想道："那棵恶心的榉树，我这下总算知道它为什么长得那么好，树叶那么茂密、树皮那么光亮了。这棵可恶的树。"

伐木工上气不接下气地跑到村子的中央广场，把刚才看到的事情讲了出来。

"伐木大叔啊，你平时不会喝酒，今天这是喝多了吧。"村民们纷纷说道。

大家都把伐木工当成笑柄，没有一个人相信他的话。

于是伐木工拿出了最锋利、最重的斧子，把它磨好，扛在肩上返回了森林。

　　人类和大树的一场恶战拉开了帷幕。

　　大树挥舞着树枝，发出"咻咻"的声响。这些树枝前后左右地划来划去，试图抓住伐木工。而伐木工呢，在头顶上挥舞着锋利的斧头，一会儿向大树的右边切去，一会儿又向大树的左边砍去，眼看着他向大树冲过去，又灵敏地躲开来，完全不给大树进攻的机会。伐木工的斧子砍掉了一根又一根的树枝，而留在原地的树枝根部，虽然还想抓住伐木工，但却只能徒劳地蠕动着。

　　把大树所有的树枝都砍断之后，伐木工瞄准了树干。

　　这时的大树已经丧失了反抗的能力。最后，终于被砍成了两截。

树干里面的空洞，是大树的胃。树干断开来，露出了所有被吃掉的小孩儿。小孩儿都已经变得非常非常小，只剩小指的一半那么大了。他们的大部分身体已经被大树消化掉，剩下这一点儿是大树还没来得及消化的。

　　孩子们大声喊着："带我们回家！伐木大叔，带我们回家！"

　　所有的孩子都急忙爬到了伐木工的腿上。他们都害怕被丢在那儿。

伐木工把孩子们装进他的裤兜、上衣兜和马甲兜。这些兜很快就被装满了，还没有被装进兜里的小男孩小女孩们大声叫着："带我们回家，伐木大叔！带我们回家！"

伐木工脱下帽子，把剩下的孩子装了满满一帽子。连帽子也没进去的孩子们继续大声叫着："带我们回家，伐木大叔！带我们回家！"

"带我们回家！"

可还是有非常多的小拇指一半大小的孩子没能被装进衣兜或帽子，他们小跑着跟在伐木工的后面，喊着："你别走得那么快！"小孩儿们的小脚，要想跟上伐木工的步伐，可太费劲了。

伐木工很慢很慢地，很轻很轻地走着，终于到达了村庄。

村民们的吃惊程度可想而知，从伐木工的裤兜、上衣兜、马甲兜，从他的所有兜里露出来的，不是一个个孩子的小脸儿吗？孩子们像鸟巢里的小鸟一样，从伐木工的帽子里向外张望着，而伐木工的身后，还有更多的孩子正在向村民走来。当看清那些孩子正是从前丢失的自己的孩子时，村民们简直不敢相信自己的眼睛。

　　在村民们各自找到了自己的孩子之后，还剩下了很多没有人认领的孩子。那是在非常久之前被大树吃掉的孩子们，他们的父母早已经去世了。

　　没找到爸爸妈妈的孩子们一齐哭了起来。

　　于是，伐木工说："找到一个自己孩子的家长，就得领养一个孤儿。找到两个自己孩子的家长，就得领养两个孤儿。如果幸运地找回了三个自己的孩子，那么就要领养三个孤儿。"

　　人们听从了伐木工的话。

　　就这样，所有的孤儿都被领养，有了可以住的地方、能填饱肚子的食物，还受到非常周到的照顾。没过几天，这些孩子就长回了被大树吃掉之前的大小。

　　再往后，他们分别长到了自己长大后应有的个头。

　　伐木工渐渐地老去了。被他救下的孩子们，一直把他当作自己的亲爷爷一样对待。

"这就是吃小孩儿的大树的故事。" 一边收着稿纸，我一边这样说道。

"但是，爸爸，"鲁诺大声说道："吃小孩儿的大树的故事，根本不是这样的。"

"不是这样的？那你给我讲讲你知道的那个故事。"

"我不是跟你说了我不知道吗？"

"那你怎么知道我讲的这个不对呢？"

"肯定不对。因为大树还在原地啊，昨天咱们不是看到了吗？"

"你真是会戳我的痛处啊。但是那棵树今天可能已经不在了。"

鲁诺冷静地回答道："那我们一会儿去看看，下午茶之后就去。"

我们出发了。那棵大树当然还在昨天的那个位置。

"你看吧，还在呢。"鲁诺说。

"嗯，还在。但是这棵不是我故事里的那棵大树。这棵大树肯定一次也没吃过小孩儿。"

"肯定吃过。而且它比你故事里的那棵树吃了更多、更多的小孩儿。从前一定是有两棵吃小孩儿的树。现在就只剩一棵了，而且它太老了，已经不吃小孩儿了，因为它没牙了。"

"这算不上什么理由。食人鬼可以活很久，如果老得牙都掉光了，它会在吃之前，先把小孩儿给捣碎，这样没牙也可以吃了。但是你看这棵大树，嘴巴里塞着石灰呢，它的嘴已经被塞满了，所以吃不了东西了。"

"爸爸，塞满是什么意思？"

"就是给它的嘴上盖上盖子。如果我说树被盖上了盖子，你肯定会觉得奇怪吧？所以我换了一种说法。"

"爸爸，你经常用类似的奇怪的词。"

"谢谢你啊。所以说，这棵可怜的树嘴巴上被盖了盖子，被塞满了石灰，被装上了一扇门，随便你怎么说吧，总而言之它的嘴巴什么也不能放了。而且你看，为了不让它抓走路边的小孩儿，它身体下方长着的树枝已经被剪掉了。"

"真的呀。这棵大树再过不久该饿死了。等它死了，这个世界上就没有会吃小孩儿的大树了，真遗憾啊！"

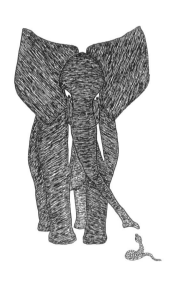

在象鼻里长大的小蛇

我一进屋就看到鲁诺坐在椅子上，伸直双臂，双手握着拳。

"爸爸，咱们一起去赛马吧。"

鲁诺是在假装握着方向盘呢。

"给爸爸让出一点儿地方。"

鲁诺往旁边挪了挪。我坐到他身边。

"你再过去点儿。"

"没地方了呀。"

我只好在椅子的边缘坐下来，勉强找到了平衡。

"行，我准备好了。咱们出发吧。"

伴着鲁诺模仿的汽车发动声，我们出发了。

我们极速前进着。

"你开得不错啊。"

"对呀，我很擅长开车。快吧？"

鲁诺模仿着发动机的声音，继续加速。

"快停下！"我喊道，"快停车，我的帽子飞走了。"

"不行不行，现在可停不了，车速太快了。而且，坐车的时候你不能戴宽檐帽呀。"

"哎呀，你看看我可怜的帽子被摩托车轧扁了。"

"那也没办法。下次坐车你记得戴打猎帽。"

"小心！"我又喊道，"该拐弯了，注意点儿。你看路标上写着缓行、急转弯危险呢。"

"我又不认字。"

"但是路标上是这么写着的。急转弯，危险！急转弯，危险！"

"是吗？那我们可得制造一个特别严重的事故。"

说着，鲁诺发出继续加速的声音。随后，他突然从椅子上摔下去，仰面朝天，两条腿踢来踢去的，喊道："咚咚咚，啪唧。"

我也失去了平衡，和椅子一起翻倒在地。打了一个滚儿，在鲁诺对面的地毯上四仰八叉地停了下来。

我们俩在地上笑作一团。随后我坐了起来。

"你这下知道开得太快会有危险了吧？"

"嗯，知道了。但是不出事故没意思啊。现在这样多好玩儿，你的腿都断了。"

"我的腿断了有那么好玩儿吗？"

"当然了。腿断了你就只能坐着了，这样，就可以给我讲故事了。"

"原来是为了这个啊。"

"对呀。我要你讲会走路的故事。"

"什么是会走路的故事？"

"就是那种，你现编现讲的故事，不是读已经写好的故事。"

"那你为什么管它叫会走路的故事呢？"

鲁诺于是向我说明了什么是会走路的故事，一开始我还是完全没理解，过了好一会儿才终于明白了。

鲁诺觉得，给他读已经写好了的故事，就像是坐公交车，每次都走固定的路线，停在固定的车站。改变路线是不可能的，到了终点呢，故事也就结束了。而要是再乘坐一次，还是同样的过程。

相反，现编现讲的故事，对他来说就像是散步。和爸爸牵着手，可以指挥爸爸往左边走，也可以往右边走。如果爸爸走得太快，就可以拽住爸爸的手。想跑就能跑，想停就能停。有问题了就随时问，累了就让爸爸背。

我对鲁诺说："我可不能跟你那样散步，我的腿断了啊。但是如果你想听那样的故事，那我就给你讲一个小蛇的故事吧。"

"小蛇的故事？我还从来没听过。"

"对啊，是昨天我在你睡着之后写的。"

"你讲吧。"

"不，我还是念吧。这个不是走路的故事。这个故事属于坐公交车的那种。"

"好吧，那就坐公交车的那种吧。"

我们两个都忘记了我假装摔断了腿。我起身取来了故事，坐到椅子上，读了起来。

有一条非常调皮、不听话的小蛇。

有一天，蛇妈妈说:"不许用手抠鼻子!"

小蛇还嘴道:"我没用手，我就用了一根手指。"

它说得没错。被它捅进鼻孔里的，是右手的食指。小蛇一般来说只用一根手指抠鼻子，而那根手指通常都是右手的食指。

小蛇就这样让手指留在鼻孔里。

蛇妈妈气得冲向小蛇准备给它一记耳光。而小蛇呢，因为不想领这一记耳光，用左手和两条腿跑着逃走了。它的右手呢，就像要挑战妈妈的权威一样，依旧留在鼻子那儿。

真是一条调皮的小蛇。

但是小蛇没能一直把手指留在鼻子里。很快，它就需要右手也参与进来跑。两手两脚，不算多。但逃脱追赶的妈妈，有两手两脚也就足够了。

"妈妈追得那么紧，看来它是真的生气了。要是被它追上，肯定得挨一顿暴打。"

这样想着，小蛇挥动两手两脚跑得更快了。

小蛇逃了太长时间，蛇妈妈也穷追不舍了太长时间，到后来，它都想不起来自己为什么要给小蛇一记耳光了。

　　蛇妈妈倒是能回忆起小蛇有理由被打，而且自己也觉得必须揍小蛇一顿。但是，它再也想不起来小蛇为什么要被揍了。

　　小蛇成功逃脱了。其实它也已经忘记自己为什么要被揍。但是对小蛇来说"为什么被揍"不是事情的关键，因为它知道，一旦被妈妈抓住，肯定会挨揍，而且这顿揍肯定不会轻。所以，它才坚持逃跑。

　　因为小蛇跑的路程太远，跑的时间太长，它的四肢，慢慢被磨没了。

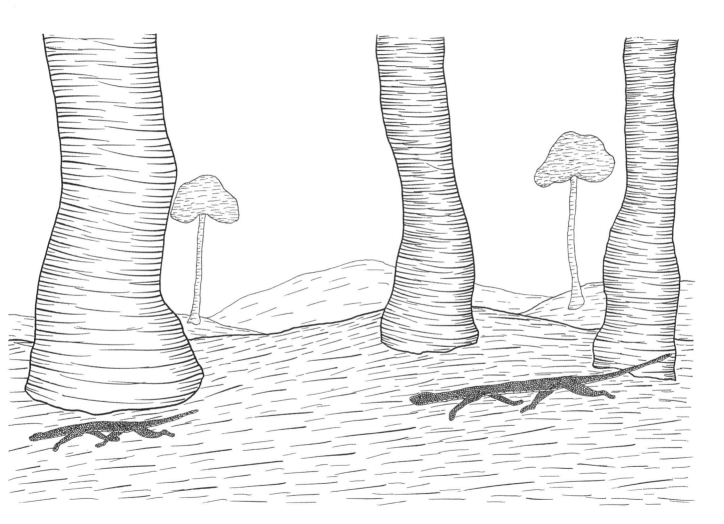

当两手两脚都被磨到根部的时候，小蛇身上，已经没有手也没有脚了。

就算这样，小蛇也没有停下来。它还能听到身后妈妈正在追赶的声音，因为不想浪费时间，小蛇就这样肚皮贴地趴着继续前进。

小蛇也不是一下子就会肚皮贴地爬行的。在它的双手双脚完全消失之前——也就是说它的双手双脚全部被磨掉，指甲没了，手也没了，脚也没了，一直被磨到再也长不出来的程度之前，小蛇已经慢慢掌握了肚皮贴地爬行的技能。

蛇妈妈也同样——在双手双脚被磨没，导致此后所有出生的蛇都生来没手没脚之前，学会了肚皮贴地爬行。这里说明一下，我们从来没有见过身上长着手和脚，或者长着类似手和脚的蛇。要硬说见过，那也就是蛇的仿品——蜥蜴这样的动物吧。蛇都是肚皮贴地趴着前行的，那是因为在所有的爬行方式中，它们认为肚皮贴地是最好的一种。对它们来说，这种方法要比用背部爬行，或者用尾巴尖撑地前进方便得多。

如果在追赶的过程中蛇妈妈能想起，追赶小蛇是因为不让它用手抠鼻孔，那么它可能会立马就停下来。它可怜的儿子，从此再也不能把手指伸进鼻孔，或者任何一个孔里了。因为小蛇身上已经没有手指这种东西，没有类似于手指或部分手指或手指根部的东西，连跟手或指沾边的东西，它都没有了。蛇妈妈应该早点儿注意到这一点的。

　　可蛇妈妈只想着给儿子一记没有任何意义的耳光。

　　而且，它还想用什么给儿子一记耳光呢？蛇妈妈自己的身上也已经没有可以用来扇耳光的东西了。用尾巴吗？怎么可能呢？但是，蛇妈妈又怎么能想到这一点呢？

小蛇跑啊跑，钻过石缝，穿过草丛。因为爬了太长时间，它觉得肚子开始疼了。因为那时小蛇的肚皮还没有适应在任何质地的地面爬行呢。

　　蛇妈妈赶了上来。

　　小蛇眼看着就要被追上，吃一记耳光了。可它的肚皮疼得厉害。小蛇想哭，但是它没哭。它知道哭了也没用，蛇妈妈才不会因为它的眼泪就心软呢。小蛇很清楚，因为这又不是它第一次挨耳光。

小蛇来到了一条大河边。它跳了进去，河水凉凉的，真舒服。可以休息一会儿了。

　　妈妈离它越来越近，按理说它不能在水里停留太久。可小蛇开心地顺着水流游着，因为这时它的肚子已经不疼了，而且凉凉的水还在轻抚着它的身体。还有，它觉得哪怕是妈妈，应该也不会追到河里来吧。

　　突然，小蛇来了个急刹车，转身就跑。那是因为一张有着尖牙的大嘴出现在它的眼前。鳄鱼的大嘴就在小蛇的前方张开，如果小蛇继续前行，一准儿就进到鳄鱼嘴里了。

　　"你只要进来就行了，"鳄鱼这样想着，"之后的事情就交给我了。"

　　但是，小蛇并没有进去。它掉转方向，逆着河流游走了。

小蛇因为在很近的距离看到了鳄鱼张开的大嘴，浑身抖个不停。但是，这回，在它的前方，突然又出现了一张更大的张开的大嘴。那张嘴巨大、难看、血红，还有好多可怕的牙齿。那是河马的嘴。河马张开嘴巴并没有什么恶意，它根本就没有在意小蛇，也根本没有在意其他的东西，只是想打个哈欠。河马这种动物，除了想吃的事儿，根本就不会想别的。刚才说张开大嘴的那只河马，那时刚好什么都没想，因为它刚刚吃过午饭。

　　不知情的小蛇，看到河马张开的嘴巴，比刚才更害怕了。因为害怕，它不敢向前游，也不敢向后游，只能横穿大河，到了对岸。

因为这样那样的事情耽误了小蛇的时间，蛇妈妈这时已经在距离小蛇很近的地方了。小蛇躲进了岸边的草丛。而蛇妈妈也跟着钻了进去。

　　小蛇因为疼痛，扭动着肚皮飞快地前行，其他动物见状都惊恐地躲开它。

　　目前为止还没有谁见过这样移动的生物呢。

　　小蛇穿过狮子的脚下，狮子吓了一跳，大吼一声。然后赶紧把腿一条一条先后抬了起来，它可不想触碰到这个奇怪的生物。

　　当狮子还惊魂未定的时候，蛇妈妈又以同样的方式爬了过来。狮子比刚才更加敏捷地交换着缩起四条腿，比刚才更响亮地吼了一声。随后，它慢慢地，威风凛凛地，翘立着尾巴离开了那里。虽然它内心是想一步三回头地确认那吓人的生物有没有追赶过来，还想夹着尾巴赶紧跑掉。但是为了维持自己的威严形象，狮子不允许自己露出内心的恐惧。

再往前走了一会儿，小蛇爬过了午睡中的长颈鹿的脖子，因为长颈鹿就那样伸长身体横躺在路中央。长颈鹿睁开眼睛，站了起来。它有一棵树那么高。但这时的长颈鹿还没醒透，不知道到底发生了什么。当然，就算它醒透了，也未必能知道到底发生了什么。

　　看到蛇妈妈爬过来，长颈鹿分开双腿给它让路。长颈鹿的双腿之间，除了能让蛇妈妈穿过去的空隙，还有很大的空间。蛇妈妈就从那里穿了过去。

　　长颈鹿依然不知道刚刚发生了什么。仔细想来，这些也不是长颈鹿用它的小脑袋想想就能明白的事情。

小蛇继续跑着。它筋疲力尽，上气不接下气，肚子剧痛。虽然手脚已经被磨没了，但它甚至觉得从前长着手脚的地方也在隐隐作痛。

　　跑不动了，这次肯定要被妈妈抓住了。

　　蛇妈妈得把小蛇打成什么样啊。

　　这时，小蛇发现了一个洞。看起来就像是可以通往地心的入口。它马上想："这下我有救了。妈妈那么胖，肯定钻不进去。"

　　于是，它一头钻了进去。

当小蛇确信从头到尾都藏进洞里了之后，它停了下来。

小蛇不知道自己身在何处，但是只要不挨妈妈打，对它来说就足够了。

小蛇藏身的洞，其实是一头大象的一个鼻孔。小蛇钻进了大象的鼻孔里。

追赶过来的蛇妈妈看到了小蛇把自己完全藏进象鼻的瞬间，同时它也一眼就判断出自己的身子太粗了，不用试都知道，肯定钻不进去。

蛇妈妈等着大象醒来，这样问道："象先生，你的鼻子有什么异样的感觉吗？"

"我哪儿有什么鼻子啊？"

"你没有鼻子？那么你那个长在出气口的、耷拉下来的大东西是什么？"

"那是长鼻。"

"长鼻？那就长鼻吧。你的长鼻有什么异样的感觉吗？"

"完全没有。"大象回答。"哦，也不是。哎呀，是什么东西堵住了我的右鼻孔？"

"是我的儿子。"蛇妈妈答道。

"居然钻到我鼻子里，这孩子可真不像话。"

在那之前，要是比头脑愚笨，大象可是和犀牛一起，算得上是数一数二的。但在那之后，人们开始口口相传，大象是最有智慧和坏主意最多的动物。

理由很简单，因为小蛇住到了大象小小大脑的旁边，每次都和大象分享它的智慧。

每当大象要做傻事，聪明的小蛇就会发现，并对大象说："不能这么做。"

于是，大象就不会做傻事。

每当大象要说傻话，谨慎的小蛇就会看穿，悄声告诉大象："不能这么说。"

于是，大象就不会说傻话。

就这样，大象成为动物中的智者。但是其实，聪明的不是大象，而是小蛇。

思考了一会儿，鲁诺大声说："爸爸，那要是往大象的鼻子里塞两条蛇，大象就会变得更聪明了。"

"那可不行。我们不能说鼻孔里有两条蛇的大象，比鼻孔里有一条蛇的大象聪明两倍。不是这样的。"

"我们假设两条蛇的思想总是一样的，每次会同时对大象说一样的话。那么大象就会加倍清楚自己该干什么。只要两条蛇的智慧稍稍高于平均水平，那么大象无疑就成为智者中的智者。这样，也许就能达到你说的那种效果。"

"但是，如果两条蛇不能总是保持一致的思想，那就有大麻烦了。你觉得会发生什么？一条蛇说那是白色，而另一条蛇却说那是绿色、黄色，或者红色。一条蛇说：'就这么办。'而另一条蛇却说：'绝对不行。'这样的话，可怜的大象就会无所适从，疯疯癫癫，开始做一件事，马上停下来又去做另一件事。大象的家人和朋友会非常困惑，而它自己可能都不会察觉自己的疯癫。"

这时，鲁诺打断了我。

"爸爸，你讲的这个故事，是真的吗？"

"很遗憾，并不是真的。"我郁闷地回答道。"如果我讲的这个故事是真的，那只要我们稍加思考，就可以轻易地解释这个世界上所有奇妙的事情了。"

"好了，这下你知道蛇为什么没有手脚了吧。可是你说事实上为什么蛇会长成那个样子呢？就像一根长长的香肠上，一端长着头，另一端长着尾巴似的。我真不敢相信蛇从一开始就拥有现在的身形。它和其他的动物长得都不一样。"

"我们假设小蛇和其他动物的孩子一样，拥有一个圆滚滚的身体。设想蛇妈妈细心地照顾它，让它摄取足够的营养，把它养得胖胖的。那么它钻进大象鼻子之后会发生什么？我们这样设想一下，就可以看到事情的真相了。"

"当小蛇慢慢长大——因为钻进象鼻的时候它还很小，所以当然会长大——没有空间可以让它横向成长。因为象鼻就只有那么粗。那么它只好向上下长，因为象鼻很长，空间足够。就这样，蛇长成了现在大家看到的样子。"

"我可没说蜥蜴，它们只是蛇的仿品。我之前也这么说过吧。"

"要是这个故事被编成一本书了，你可以往前翻，找找我是在哪儿提到过蜥蜴的。反正我是已经忘记了。"

"而且，那本书还没有编上页码呢。"

鲁诺弯腰盯着稿纸，说道："爸爸，那稿纸上面这个角上的黑色小字是什么？你不是说过，就是在这里标页码的吗？你看，每页都有。"

　　"没错，这也是页码。但是等书印出来了，书上的页码就对应不上稿纸的页码了。"

　　"哦，是这样啊。为什么对应不上了呢？"

　　"因为爸爸手写的这些稿纸的页数和书的页数不一样啊。书的页数有时候比稿纸的页数多，有时候比稿纸的页数少。所以呀，同一个页码上的内容也就不一样了。你能明白吗？"

　　"我不明白。因为你解释得太不清楚了。但是这也不重要，因为你讲的故事太傻了。"

　　"是吗？特别傻吗？"

　　"对，特别傻。可是，你讲的傻故事，最有趣了。"

温柔的大蜗牛

一条大道，穿过田野、越过山冈，延伸至远处。到了上坡，它就爬坡，到了下坡，它就下坡，到了平地，它就顺着平地向前去。

穿过村落时，它会穿梭于街边的房屋之间；渡过河流时，它就从河流上方的桥上经过。

电线杆，跟着大道一起大步前进着。电线，通过一根又一根电线杆，不眠不休地向前奔跑。

有一只蜗牛，慢慢地、静静地，伸长触角，背着有点儿倾斜的壳，在这条大道上爬行着。

看起来，它并不着急。

虽然它已经在奋力赶路了，但旁人根本看不出来。

蜗牛这样赶路，是因为害怕被车碾压。但话又说回来，真的看不出它在赶路。

这一路上，蜗牛已经看了不知多少起交通事故。

许多的小蜗牛，会无声无息地、不留下任何痕迹地消失在车轮下或行人的皮鞋下。车轮不会因此而停住，皮鞋会继续前行，在小蜗牛刚刚被碾压的地方，什么痕迹都没有，就像什么都没有发生的地方一样。

蜗牛也看到过很多大蜗牛被碾碎的场面。但是它们都没有我们说的这一只蜗牛大。我们说的这只蜗牛，可是从蜗牛存在以来到今天为止所有关于蜗牛的记录中最大、最强、最壮的一只。

言归正传，我们说的是已经有很多蜗牛随着"扑哧扑哧"一声声响，被碾碎，消失不见了。当蜗牛被轧扁的时候，先会发出壳破碎的声音，再发出身体被挤破的声音。在路上，只会留下一摊黏糊糊的东西。就像一小摊橙子果酱。肉和壳被揉碎在一起，谁也分不开。连一点儿可以看出是蜗牛尸骸的痕迹都没有。

被碾碎的蜗牛的灵魂，哪怕它是多么高尚的灵魂，都会像一股烟一样消失不见。

正在大道上爬行的那只蜗牛，在脑海里想着这些，不禁打了一个冷战。但是它还是相信，作为最大、最强、最壮的蜗牛，自己有能力抵挡最大的汽车和最重的翻斗车的碾压。

蜗牛这么想也没错，因为它还从来没有被碾压过。

几天前，蜗牛看见一只和自己差不多个头的乌龟被马车轧了过去。那乌龟的体格真的和蜗牛差不多。马车虽然没有装货物，但那毕竟是一辆马车呀。乌龟把头和四肢缩回到壳里。当然，如果蜗牛遇到了同样的情况，也会把身体缩回壳里。只不过它没有可以缩进去的四肢，所以它会把那些替代四肢的身体部位缩进去。

当马车驰走，乌龟冷静地伸出了脖子、四肢还有尾巴。刚才忘了讲，乌龟当然也把它的尾巴缩了进去。随后，它继续爬了起来。

那只在所有乌龟中并不算最大，也算不上最壮的乌龟都能做的事情，在所有蜗牛中最大、最强、最壮的蜗牛哪里有做不到的道理？

就这样，蜗牛也爬上了这条平整的大道。大道上有适量的泥土，正好可以让蜗牛舒适地前行。不是满路泥泞，是那种小雨过后留下来的，刚刚好的泥土。大蜗牛高傲地、不急不忙地，向前探着触角，静悄悄地前进。此时它已经不再害怕。

就连它听到迎面驰来的马车声时，也并没有慌张。马蹄"咔嗒咔嗒"地敲着地面，车轮"吱嘎吱嘎"地发出声响，马车夫则"啪啪"地挥舞着马鞭。

蜗牛想："现在我该缩回壳里了。"

于是，它把身子缩回了壳里。

地面开始抖动。每当一个马蹄在蜗牛身边落地，蜗牛的房子就会剧烈地摇晃。

蜗牛想："哎哟喂，还好缩得及时。"

地面又一次开始抖动。蜗牛听到了像打雷一样的声音。然后突然，四周响起碾压过什么东西的声音。

"来了！马车从我身上轧过去了。"

随后，没有任何声响了。

"完了，我肯定是死了。我的房子被轧扁了。我在房子里面也被轧扁了。原来我没有那只小乌龟结实啊。还有，那辆马车也一定比轧过乌龟的马车重很多。"

没有任何声响了，地面也不抖动了。

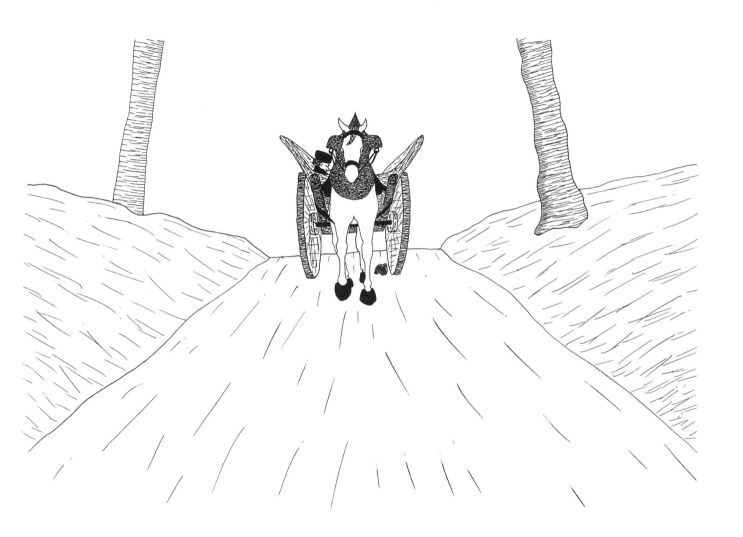

蜗牛想："死了的感觉也不错啊。"

它等了好一会儿，也没有感到任何疼痛。浑身上下都不疼。如果真的被马车碾碎了，应该是很疼的。但是，蜗牛一点儿都没感觉到疼。突然，蜗牛发现，它好像没死。它没被轧死。它的身体承受住了马车的重量，完好无损。

蜗牛根本没有想过，马车的车轮其实是从它旁边驰走的。

对于高傲的它来说，那是不可想象的。它唯一能接受的结论就是，马车从它的正上方驰过，它却毫发无损。

为了证实自己还活着，蜗牛在壳里弓了一下身子，朝外面伸出一只触角。触角顺利出壳。于是它伸出另一只触角。随后伸出眼睛和耳朵。再伸出身体和尾巴。

蜗牛的身体就这样顺滑地、不作声响地向壳的前后方伸展开来。它在大道的正中央伸了一个懒腰。

马车早就不见了踪影。

和往常一样，蜗牛移动着柔软的身体向前爬去。

它不再害怕。因为它的壳顽强地承受住了马车的重量。但它还是奋力前行。尽管旁人一点儿也看不出。和刚才那辆马车的较量确实很顺利，但它可不知道和其他马车相遇会怎么样。

蜗牛爬到大道边，在路旁的排水沟里停下它的"房车"，把身子缩了进去，舒服地睡着了。

第二天清晨，蜗牛睁开了双眼。

它伸出左边那只、当作温度计的大触角。外面的温度不过高不过低，刚好。

它又伸出右边那只、当作气压计的大触角。外面的气压不过高也不过低，刚好适合散步。于是它伸出当作眼睛的一只小触角，和当作耳朵的另一只小触角。没有看到可疑的物体，也没有听到可疑的声音。

最后，它伸出了身体，开始前进。

蜗牛伸直触角向前爬去。在挪动身体之前，它先伸出"温度计"和"气压计"，小心翼翼地向左、向右、向前探路，核实气温和气压。

至于视觉和听觉呢，其实蜗牛并不能看清东西，也并不能听清声音。它那当作眼睛和耳朵的触角，起不了多大作用。但是蜗牛可不想承认这一点。所以每次一开始散步，它总是会把当作眼睛和耳朵的触角尽量伸向前方。

还不等蜗牛的尾巴到达刚才鼻尖所在的位置，它就突然被一股力量从地面揭开，又被抬到让它眼晕的高度。虽然蜗牛可以依靠作为气压计的触角感知自己当时到底在多高的地方，但是一切发生得太快，以至于它都来不及感知。就这样，它被扔进了一个已经装有半筐蜗牛的大筐里。

　　那天是一个好天。也就是说，那天的湿度很高，又没有直射的阳光，所以蜗牛都成群结队地出来散步。挎着筐的农妇稍一弯腰，就能抓到好多蜗牛。

　　农妇哈着腰，继续捡蜗牛，不一会儿，就把筐装满了。

农妇回到了家。她把捡来的蜗牛倒进一把满是窟窿和铁锈的破浇水壶。

可怜的蜗牛们叠摞在浇水壶里，有的肚皮朝上，有的肚皮朝下，它们的尾巴和触角缠在一起打成结，彼此间的黏液混在一起，你推我搡，连思想都混在一块儿了。

　　在上面的蜗牛先恢复了意识，开始沿着"大牢"的墙壁往上爬。但是，却找不到出口。

　　我们的大蜗牛呢，它先是尝试从浇水壶的出水口爬出去。但是，通道太窄，出不去。

　　于是它试着往上爬。发现农妇在浇水壶上面压了一块瓦片当盖子。大蜗牛稳了稳身子，用肚子贴紧内壁，把触角收好——它可不想把"气压计"和"温度计"给弄坏，也不想把凑合能用的耳朵和眼睛弄伤——用力一弓背，从下面顶开了壶盖。瓦片落到了地上。

　　蜗牛们争先恐后地，但又非常缓慢地向外爬着。

第二天，农妇的院子里到处都是蜗牛。

敏捷一点儿的，已经爬得不见踪影了。

蠢一点儿的，把自己卡在了浇水壶的出水口，前进也不是，后退也不是。因为它们根本就不会后退。

农妇奋力抓回了一些蜗牛，又把它们扔进了浇水壶。因为扔得太用力，先着地的几只，被壶底撞得粉碎，成为随后掉下来的蜗牛的缓冲垫，让它们得以安全着陆。

大蜗牛爬过了一面矮墙，在又过了一天的早晨，它已经来到公园里的一条小路上了。

突然，大蜗牛看到一个推着一辆小手推车的男孩儿出现在离它非常近的正前方 —— 因为蜗牛的眼睛不是很好用，所以没能更早看到这个男孩儿 —— 一小捆草从手推车边上露出来，由此推断，车里面应该是装满了稻草。

　　男孩儿推着的手推车，正好轧过大蜗牛。

　　蜗牛当然不会怕那么一点儿大的手推车。它的壳不是连那么大的马车都抵挡过吗？虽说如此，可能大蜗牛还是应该把身子缩进壳里的。但是，它没来得及这么做。

大蜗牛听到了比马车路过时更剧烈的声响。这次可不像它以为的那样，蜗牛壳随着"咔啦咔啦"的声响，碎掉了。

没来得及把身子缩回壳里，对大蜗牛来说是不幸中的万幸。

蜗牛壳被碾得稀巴烂。

可怜的大蜗牛被吓破了胆。它先把尾巴伸向蜗牛壳后方，又把脖子伸向蜗牛壳的前方，同时，把它的"温度计"和"气压计"高高地伸向空中。

留在稀巴烂的蜗牛壳里面的身体，虽然已经被轧得不成样子，但蜗牛还是勉强留住了一个连接在一起的身子。

大蜗牛恢复了冷静。它试着尽量缩短脑袋到尾巴的距离，深吸一口气，想让中间被轧扁的部分鼓起来。还好，虽然身体的中间部分是被轧扁了，但没有致命伤。不一会儿，空气贯穿了它的身体。

同时，大蜗牛的思维能力，也从脑袋到尾巴，从尾巴到脑袋，如往常一样流动了起来。

那之后，大蜗牛花了好几天时间，细心地收集蜗牛壳的碎片，把它们一片一片拼回到原处，用自己吐出的黏液，粘合起来。

大蜗牛终于恢复了原来的样子。

随后的一段时间内，它的肚子不可避免地还是会疼。它注意尽量不爬在石子路上，但如果哪天吃多了，肚子就多少会有些疼。

没过多久，大蜗牛完全康复，变得哪儿都能去，只要吃得下，又什么都能吃了。

于是，它认真思考了起来。

它得出了这样的结论：车这种东西——凡是有轮子的，都叫车——和动物或其他物体可不一样，它们越小就越重。

它不就是毫发无损地承受住了大马车的压力，却险些被一辆小小的手推车给断送了性命吗?

真实情况是，大马车并没有轧到大蜗牛，但是，它并不知道。

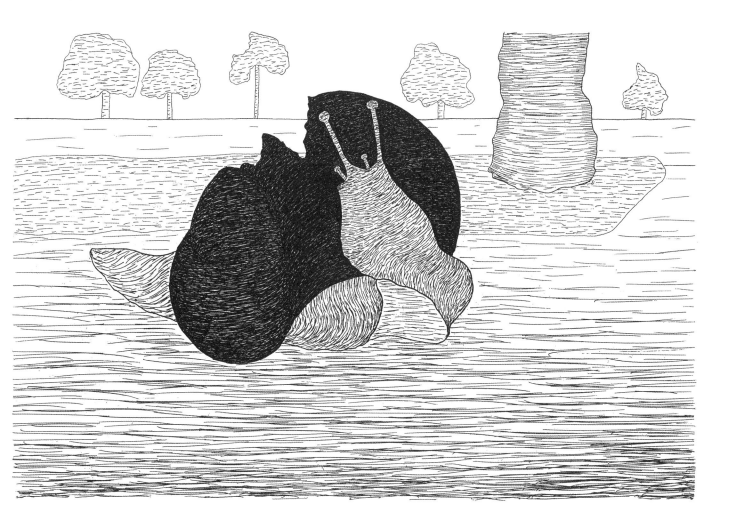

当大蜗牛沉醉于自己提出的严谨理论和得出的伟大结论时，鲁诺来到了它的身边，抓起它拿回了家。

　　我坐在阳台的靠背椅上看书。

　　鲁诺把蜗牛放到我腿上。隔着薄薄的裤子，我感受到了蜗牛那凉凉的、黏黏的触感。

　　我大叫起来。

　　"你这个调皮鬼！赶快给我把这个脏兮兮的虫子拿开。"

　　"爸爸你说什么呢，它才不是脏兮兮的虫子呢。它是我最最喜欢的、小小的、可爱的蜗牛呀。"

　　"你可能是觉得它可爱。但是你把它放在我的腿上，真是太过分了。你看看，我裤子都弄脏了。"

　　"我的裤子不是更脏吗？你看，有这么多污点呢。"

　　说着，鲁诺用一只手掀起衣服，收着肚子，低头把他裤子上弄脏的地方指给我看。

　　"你看，还有一个。这儿也有一个，那儿还有一个。"

　　他说的没错。我看到了他裤子上大小各异、各种颜色的污渍。

　　鲁诺直起身子，放下衣角，说道："裤子后面也有好多呢，但你现在看不见。早上我穿上它的时候，它还是刚洗好的呢。"

鲁诺把蜗牛小心地放在手掌上，走开了。之后，他把蜗牛放进一个盒子里。

那之后的两天，鲁诺一直随身携带装着蜗牛的盒子。要不是我严厉制止了他，他还想把那个盒子放在餐桌上自己的盘子边上呢。

随后，鲁诺把盒子安置在谷仓里。这样，他就可以随时去看望他可爱的蜗牛了。

"蜗牛现在特别高兴。现在它不用淋雨，不会被暴晒，还有足够的新鲜空气和从院子里飘来的花草香气。所以，它特别开心。"

可是，几天后鲁诺对我说："爸爸，蜗牛好像很无聊，它想出去呢。每次它都会爬到盒子盖的边缘来。"

"你把它放在盒子里，它不无聊才怪呢。没有可以聊天的对象，也没有玩伴儿。你给它找个伴儿吧。"

"嗯，你说的没错。爸爸，你挺聪明的。"

"谢谢你啊。"

那个晚上，大蜗牛有了伙伴儿。

之后的很长时间，鲁诺都没有提起两只蜗牛。

在我都快忘了蜗牛的时候，鲁诺有一天直接推门来到了我的书房。

"爸爸，你没有我想的那么聪明。"

"那可太遗憾了。你来就是为了告诉我这个？还有，进来的时候怎么不敲门呢？"

"我可要告诉你，我从来就没有敲过门。"

"那倒也是。但这么做可是不对的。"

"我还告诉你，那只蜗牛和从前一样觉得无聊。另外一只也无聊着呢。它们两个都想从盒子里出来，都贴在盒子盖的背面。这也太危险了吧，它们这样把透气孔都给挡住了。怎么才能让它们觉得不无聊呢？"

"那我可不知道。我决定不再出主意了。反正我也不聪明。"

"爸爸，我可没说你不聪明，我是说你没有看上去那么聪明。"

"没错，我的头脑没那么灵光，想不出怎么让蜗牛不无聊。行了，你别再烦我了，让我工作一会儿，你爱干什么就干什么去吧。我不管你的事儿了。"

鲁诺好像没弄明白我有没有生气。我自己都没搞清楚。

他在原地站了一会儿，没有作声。后来又突然开口道："爸爸，我太喜欢我的蜗牛了，刚才亲了它。"

"多脏啊。"

"为什么脏呢？"

"你的那只蜗牛怎么可能不脏呢？你知道在你找到它之前，它都去过什么地方吗？你肯定也没用抹布擦过它吧。"

"我当然没擦过它。而且也没有擦的必要啊。我亲的又不是蜗牛壳，是蜗牛的身体。"

"什么？你亲了蜗牛的身体？"

"对啊。开始我是想亲亲它的鼻尖的。但是我一靠近，它就把头缩回去。所以我悄悄绕到它后面，亲了它的尾巴。我还把它放在手上，趁它没缩进壳里亲过它的肚皮呢。特别柔软，亲起来感觉可好了。"

"我的天啊，太恶心了！"

"你为什么觉得恶心啊？我的蜗牛可干净了。而且，我特别喜欢它，它很温柔。"

"它可能是挺温柔的。但你也真是个让人发毛的孩子啊。"

"我可不这么觉得。而且爸爸，我找到了让蜗牛不感到无聊的方法。"

"我一点儿不觉得奇怪。你可比爸爸要聪明多了。"

"这话没错。蜗牛是因为我总是盖着盒盖才觉得无聊的。把盒盖打开的话，它就能吸到更多的新鲜空气，也能看清楚周围的环境。这样它一定就不会觉得无聊了。也不会总想着爬出盒子了。"

"我觉得如果你把盖子打开，它一定会爬走的。"

"我可不这么觉得。"

"那你就试试看吧。我跟你打赌，两只都会爬走。"

"我也跟你打赌，它们不会爬走。我现在就去把盖子打开。"

鲁诺出去的时候忘记了关门。我听到了他以他的方式努力快速下木质楼梯的声音——先是一只脚用力踩一阶台阶，另外一只脚再轻轻地跟着落到那个台阶上。能听出在每下到下一阶台阶之前，他都会犹豫片刻。

然后，我又听到他爬楼梯的声音。速度比下楼梯的时候快多了，因为这回他是手脚并用着上来的。他看上去脸色苍白，喘着粗气。

"爸爸，不好了。"

"怎么了？出什么事了？"

"我分不清哪个是我喜欢的那只蜗牛了。"

"你说什么？"

"我是说，在那两只蜗牛之间，我看不出来哪只是我原来喜欢的蜗牛了。"

"这样啊。那可是坏菜了。你看要不然这样，你同时喜欢它们俩。这样你就可以继续喜欢你原来喜欢的那只了。"

"你这次的主意也不错。真是个好主意。爸爸，你挺聪明的。"

"我知道。遗憾的是我不是一直都聪明。"

"我觉得这次你的聪明能保持下去。"

那之后，鲁诺就开始同时喜欢两只蜗牛了。虽然他还是更喜欢一开始的那只蜗牛，但是现在看来也没有什么意义了。因为，他已经分不清楚哪一只是一开始的那只了。

随后的很长一段时间里，一直没有下雨。其间两只蜗牛就老实地待在盒子的底部。

鲁诺一天会重复好几遍同样的话："爸爸，你看吧，我说什么来着？"

终于有一天晚上，天空开始下雨了。雨下了一整夜。第二天早上，盒子里就剩下一只蜗牛了。虽然这样做可能显得不成熟，但是我还是跟鲁诺调侃道："看吧，爸爸说什么来着？"

鲁诺冷静地回答："留下来的肯定是我喜欢的那一只。它一定也喜欢我，所以绝对不会走掉。"

话是这样说着，从那天起，鲁诺又开始给盒子盖上了盖子。

暑假快结束的时候，鲁诺把心爱的蜗牛放走了。

我们回到了巴黎。

有一天，鲁诺说："爸爸，蜗牛给我来信了。"

说着，递给我一封信。肯定是他在纸篓里发现的。

"你看，还贴着邮票呢。念给我听听吧。"

我举起那封信，开始念了起来。

亲爱的鲁诺，你好吗？我非常好。你回巴黎之后，我过得很愉快。因为不用再被关在盒子里，我非常开心。每天早上，我都会和朋友们一起玩儿跳山羊，下午就出门散散步。这里的天气非常好，每天都在下雨。我想院子里面从来没有过现在这么多的泥。

哦，差点儿忘了说，我结婚了。我在卷心菜上遇到了一位可爱的姑娘，和它走到了一起。今后我们会过得很幸福，但目前还是会经常吵架。

等我们的孩子出生了，请你当它们的教父吧。我想管它们叫蜗牛鲁诺。

我常和妻子提起你。她向你问好。保重。

署名：蜗牛

鲁诺说："你看，我的蜗牛很温柔吧？"